Claudia Wer

Ästhetik

Die Glück versprechendste Waffe der Frau

novum pro

www.novumverlag.com

Bibliografische Information
der Deutschen Nationalbibliothek:

Die Deutsche Nationalbibliothek verzeichnet diese Publikation in der Deutschen Nationalbibliografie. Detaillierte bibliografische Daten sind im Internet über http://www.d-nb.de abrufbar.

Alle Rechte der Verbreitung, auch durch Film, Funk und Fernsehen, fotomechanische Wiedergabe, Tonträger, elektronische Datenträger und auszugsweisen Nachdruck, sind vorbehalten.

© 2016 novum Verlag

ISBN 978-3-99038-883-9
Lektorat: Dr. phil. Ursula Schneider
Umschlagfoto: Claudia Wer
Umschlaggestaltung, Layout & Satz: novum Verlag

Gedruckt in der Europäischen Union auf umweltfreundlichem, chlor- und säurefrei gebleichtem Papier.

www.novumverlag.com

Inhalt

Vorwort 7
Kapitel 1 – Jacqueline 8
Kapitel 2 – SIE ♂ 11
Kapitel 3 – Die Begegnung 15
Kapitel 4 – Der Start ins neue Leben 22
Kapitel 5 – Ästhetik 29
Kapitel 6 – Der 1. Sinn – Lerne zu(zu)hören –
Die Wirkung der Sprache 32
Kapitel 7 – Der 2. Sinn – Sieh, es ist angerichtet! 40
Kapitel 8 – Der 3. Sinn – Duft der Erotik 48
Kapitel 9 – Der 4. Sinn – Ertaste und spüre die Lust 57
Kapitel 10 – Der 5. Sinn –
Was wir nicht alles schmecken! 67
Kapitel 11 – Der 6. Sinn –
Verlasse dich auf deine innere Stimme 74
Kapitel 12 – Ein Mann muss her 86
Kapitel 13 – Der 7. Sinn – Lebe mit Fantasie! 94
Kapitel 14 – Die Zeit danach 99
Kapital 15 – Und noch ein Päckchen 103
Kapitel 16 – Epilog 113

Vorwort

Was bedeutet Ästhetik?

Ästhetik ist die Wahrnehmung des Sinnlichen, des Schönen, des Angenehmen. Ästhetik beschert uns ein viel intensiveres und innigeres Erleben von Gefühlen, von Reizen und von Erotik. Ästhetik ist die höchste zu erlangende Stufe an persönlichen Empfindungen, Gefühlen und des Genusses.

Damit wir aber uns und unser Umfeld entsprechend ästhetisch wahrnehmen können, ist es notwendig, dass unsere Sinne wieder geschärft und sensibilisiert werden. Brutalität, Banalität und Pornografie in den Medien, der Werbung und der ganzen Computer- und Internetvernetzung haben unsere Sinne großteils schon so sehr abgestumpft, dass wir kaum noch die Feinheiten, die sinnlich schönen Dinge im Leben wahrnehmen und schon gar nicht er- und ausleben können.

Kaum ein Mensch besitzt noch die Gabe, das wirklich Schöne zu genießen. Warum nur hat „Frau" verlernt, ihre wirkungsvollste und stärkste Waffe – die Ästhetik – zu nutzen?

Dieses Buch soll den Menschen wieder die Wichtigkeit und die Schönheit der Ästhetik ins Bewusstsein rufen. Es soll ein Leitfaden sein, Stück für Stück die eigenen Sinne, aber auch die Gegensinne entsprechend zu schärfen und zu sensibilisieren.

Lieber Leser, machen Sie sich nun mit uns auf den Weg zu mehr Ästhetik. Arbeiten wir gemeinsam an einer erfüllten Lebensqualität.

Ästhetik bewusst leben und erleben bedeutet
Zufriedenheit,
Anerkennung,
Beliebtheit,
Glück und
befriedigende Erotik.

Kapitel 1
Jacqueline

So tief war sie nun gesunken! Verletzt, ausgelaugt, vom Ex-Mann und vom Glück verlassen, vom Chef und Vorgesetzten ausgenutzt und letztendlich arbeitslos. Wie weit konnte diese Negativspirale sie noch abwärtsziehen? Ach ja, gut drei Jahre lang lebte Jacqueline nun schon ohne Sex!

Wer dachte, schlimmer könne es nicht mehr kommen, der irrte sich gewaltig. In ihrem Café saß sie nun vor einem Scherbenhaufen. Der Cappuccino rann quer über den Frühstückstisch und das restliche Frühstück befand sich größtenteils schon am Fußboden. Die anderen Gäste starrten sie nur entsetzt an und selbst Kleinkinder lächelten ihr mitleidsvoll zu.

Sie hatte eben noch vor der Theke gestanden, sich ihr Frühstück bestellt und sich schon auf den sehr raffiniert dekorierten Cappuccino gefreut. Dazu gab es frische Semmeln mit Butter und Marmelade. Ach ja, und für die Figur ein Müsli-Joghurt! Hmm, wie sehr freute sie sich auf diesen wohlschmeckenden Start in den Tag, aber es sollte doch etwas anders kommen. Eine kleine Unachtsamkeit hier, ein falscher Reflex dort und eine Kettenreaktion von Fehlgriffen – schon war das totale Chaos perfekt.

Heute sollte doch „ihr" Tag sein. So oder so ähnlich lautete das Tageshoroskop für den Fisch. War sie überhaupt ein Fisch? Sie zweifelte schon an der Richtigkeit ihrer Geburtsdaten. Wer weiß, vielleicht wurde sie vertauscht oder war eigentlich gar nicht sie selbst. Daher las sie auch alle anderen Horoskope in einer der vielen volksverblödenden Tageszeitungen durch in der Hoffnung, den totalen Loser und Versager unter den Sternen zu finden. Das wäre dann sicherlich ihr richtiges Sternzeichen!

Zur vollen Verblüffung musste sie feststellen, dass an diesem Tag zehn von den zwölf Horoskopen eine ähnliche Aussage hatten und nur zwei etwas neutraler gehalten waren. Da sie nun ohnehin keiner sinnhaften Arbeit nachzugehen hatte, begann sie mit ihrer Recherche der Sternzeichen. Das musste doch auch mal jemand machen. Wenn wir schon blindlings den Gerda Rogers dieser Erde vertrauen, sollte doch wenigstens eine frustrierte Frau mittleren Alters einmal einen Blick auf die Seriosität unserer Lebensratgeber in sämtlichen Schmuddelzeitungen werfen.

Im Nachhinein betrachtet war es ihr Tag. Im Nachhinein betrachtet trafen auch 90 % aller Horoskope, egal für welches Sternzeichen, auf sie zu. Was sie wiederum zu der Erkenntnis brachte: Horoskope sind nur Motivationsanregungen!

Das war auch gut so! Hätte Jacqueline bereits beim Frühstück im morgendlichen Schwachsinnsblatt beim Fisch folgendes Horoskop gelesen: „Dieser Tag heute wird ohnehin ein Scheißtag – egal was du auch machst!" – na, dann hätte sie sich ja sofort wieder ins Bett gelegt und auf morgen gewartet. Zumindest aufs morgige Horoskop.

Aber zurück zum Frühstücks-Chaos im Café. Wie sehr wünschte sie sich nun, nicht hier zu sein, einfach zu verschwinden. Sie schloss die Augen und ... Beim Öffnen ihrer Augen war sie leider immer noch da. Nichts wurde aus dem Verschwinden! Sie spürte, wie die Wärme in ihr Gesicht gestiegen war – nein, nicht Wärme, die Hitze. So sehr sie sich auch bemühte, etwas Ordnung in dieses Chaos zu bekommen, es wurde immer schlimmer. Wenn sie sich nur wegbeamen könnte.

Schüchtern blickte sie sich um und sah schräg gegenüber eine Frau, die sie mit einem Lächeln anstarrte. Jacqueline spürte, wie ihr noch mehr Röte ins Gesicht stieg. Die Frau lächelte mitleidsvoll. Ja, ja, dachte sich Jacqueline, lach nur. Ergötze dich nur an meiner Erniedrigung!

Endlich nahte Hilfe. Eine Angestellte des Franchise-Ladens kam zu ihr. Sie versuchte, in diesem Durcheinander einigermaßen Ordnung zu schaffen, und Jacqueline nutzte diese Gelegenheit, um sich aus dem Staub zu machen. Frühstück oder nicht, das war in diesem Moment egal. In Kaffee ertränkte Semmeln schmeckten ohnehin nicht. Also Kopf einziehen, Luft anhalten und raus aus dem Lokal.

Endlich! Entfleucht den Peinlichkeiten, aus den Klauen der öffentlichen Frustration befreit, so stand sie nun vor dem Lokal und wollte nur noch eines – eine Zigarette! (Und nie wieder in dieses Lokal.)

Kapitel 2
SIE ♂

Ein wunderschöner Frühlingstag, die Sonne strahlte – na ja, die Sonne und die neuen High Heels in der Auslage gegenüber, das waren leider die einzigen Dinge, die strahlten. Ansonsten füllte sich die Straße mit Demotivation, mit Frust und Verkommenheit. Die Menschen, die vorbeigingen, hatten kein Leben in ihren Augen, keine Energie, keine Freude, nothing, nada. Eingehüllt in textilen Grautönen, weit weg von auch nur annähernd modischem Styling, präsentierten sie sich in jämmerlicher Körperhaltung auf dem städtischen Laufsteg des Frusts. (Bestand die neu ausgerufene Modelinie von Karl Lagerfeld aus ausgebeulten Jogginghosen und alten, ausgelatschten Strickjacken?) Hatten denn, verdammt noch mal, alle den Beginn des Frühlings verpasst?

Ich saß vor einem kleinen Café und trank meinen obligatorischen Espresso Macchiato. Das Café befand sich am Hauptplatz unserer Bezirksstadt. Ich blickte mich hier etwas um, eigentlich eine schöne Altstadt. Nette Fassaden, ein großer, etwas leer wirkender, gepflasterter Platz mit einem hübschen Springbrunnen.

Ach, herrlich, wie ich die Sonnenstrahlen genoss. Nach den trüben, schneelosen und damit doch etwas faden Wintermonaten konnte ich mich nun endlich wieder in der Sonne aalen. Obwohl wir nahe den Bergen auf etwa 740 m Seehöhe lagen, waren die Temperaturen sehr angenehm. Unser Hausberg nahe der Stadt hatte immerhin eine Höhe von 2396 m.

Ich beobachtete aus den Augenwinkeln eine Dame mittleren Alters. Verbissen kämpfte sie sich durch die Einkaufsstraße, hinterher ein kleiner Hund, Marke, na ja, kleiner, weißer Staubwedel.

Der Hund hatte sichtlich Spaß und Freude, lief mal hin, mal her, sog sich den Abgasgestank in die Nase und wedelte freudig mit dem Schwanz. Na, der war wohl der Einzige weit und breit, der den Frühling willkommen hieß und ihn auch genoss. Genau wie ich. Nur dass ich mir den Abgasgestank nicht von so weit unten in die Nase sog, und gewedelt habe ich auch nicht ... Aber ansonsten ... so genossen wir beide unseren Frühlingsbeginn. Ich fragte mich schon, was nur mit der Gesellschaft los war. War der Frühlingsbeginn nicht immer Auslöser für Glückshormone, Fröhlichkeit und Zufriedenheit? Stattdessen sah ich nur ferngesteuerte, frustrierte Muttis durch die Stadt huschen, zu Leben gewordene Burn-outs.

In diesem Moment fiel mir wieder die Radiosendung von heute Morgen ein: ein etwas lustiger Radioreporter, der mit hinterlistigen Fragen den Leuten Antworten herauslockte. Welch Schock! Die Menschheit verblödet. Leider konnte man nicht nur mit anhören, wie die Menschheit verdummte und verblödete, sondern – wie ich nun auch feststellte – auch immer mehr verbauerte. Verbauern? Hm, ein etwas neuartiges Wort – oder doch verbäuerte?

Nein, mit Verbäuerung würde ich den Bauernstand angreifen, was ich bei Gott nicht vorhabe. Ein Hoch auf die Bauern! Vielen Dank an euch für die Landschaftspflege, für den Kampf um noch genießbare Lebensmittel, für euer Überleben. Also, Politiker, kümmert euch etwas mehr um unsere kostbaren Bauern! Weg mit den sinnlosen (EU-)Auflagen, Vorschriften und Blödheiten, die euch einfallen. Sind wir doch froh, dass wir noch so viele gute Nahrungsmittel von unseren Landwirten bekommen. Ansonsten würden wir in der Plastiknahrung ohne Geschmack, ohne natürliche Inhaltsstoffe und überhaupt ohne „Natürliches" – na, das Schweinderl aus der Werbung würde es nicht freuen –, also in diesem Giftmüll umkommen.

Die großen Lebensmittelkonzerne liefern uns ja sämtlichen Müll vor die Haustüre: Sonderpreise zu Riesenmengen – also wenn das alles jemand isst, der muss nach seinem Tod noch auf die Sondermülldeponie. Eigentlich schlimm, solch eine Person kann ja gar nicht mehr richtig begraben werden. Nach deren Tod: kontaminiertes Erdreich, Grundwasserverseuchung ... oh Gott, da hast du auch nach deinem Tod noch die Klagen am Hals. Also

Verbrennen! Aber die Abgase von Plastik und Co sind auch nicht besser – na, dann bleibt nur die Sondermülldeponie.

Aber zurück zum Verbauern. Unter Verbauern (wurde in Wikipedia noch nicht aufgenommen) verstand ich die Urform des Benehmens, so, wie in früheren Zeiten das „niedrige Volk" sich gegeben hat: furzend, rülpsend, mit Gummistiefeln im Gatsch herumstampfend und keine Manieren oder gar etwas Anstand.

Schlecht gepflegt mit fettigem Haar (dieses natürlich kurz geschnitten, da im Mittelalter nur der Adel langes Haar tragen durfte) und von der Weite duftend oder sagen wir besser, stinkend wie ein Schwein.

Na gut, jetzt war ich in meinen Gedanken schon sehr weit abgesackt, aber mit viel Feingefühl beobachtend konnte ich doch in unserer Gesellschaft viele Menschen entdecken, die mehr und mehr „verbauerten".

Also, ich war schockiert von der Entwicklung unserer Gesellschaft. Ich mochte mir auch gar nicht einen „verbauerten Sex" vorstellen, wuäh – grausig. Montags bis mittwochs geht's noch, denn am Sonntag wird frische Unterwäsche angezogen. Aber gewechselt wird sie höchstens von vorne nach hinten oder innen nach außen. Spätestens am Donnerstag haben wir ein Problem, denn dann muss man wieder eine der gebrauchten Seiten verwenden. Denn frische Wäsche gibt's erst am Sonntag. Und von der Bettwäsche möchte ich erst gar nicht sprechen, die wird ja ohnehin nur alle drei Monate gewechselt ...

Nun, im Zuge dieses Absturzes in das Unfassbare (und Unriechbare) kommen wir auf das Thema dieses Buches zu sprechen. Auf etwas, das uns nun wie eine andere Welt, ja, wie ein anderes Universum vorkommen muss: die Geheimnisse der Ästhetik, der Sinnlichkeit.

Ich sah vor mir am städtischen Laufsteg eine Ansammlung von weiblichen (und auch männlichen) Grauslichkeiten, von Ungepflegtheiten und Gleichgültigkeiten. Bei Männern akzeptieren wir ja noch ein etwas „raues Aussehen" oder eine etwas „legere Gangart". Viele Frauen wünschen sich ihren privaten Macho, aber sobald er „ihr" Macho ist, soll es mit der Machohaftigkeit auch schon vorbei sein. Schürze umgebunden und ab zum Bügeln, Waschen, Kochen und sonstigen Hausarbeiten. Was wollen die Frauen eigentlich wirklich? Macho, Weichei oder Grauslichkeit? Und wie sieht es nun bei den Frauen aus? War das das Ergebnis des Kampfes um die weibliche Gleichberechtigung? Warum haben die Frauen verlernt, ihre geheimste, wirkungsvollste und Glück versprechende Waffe zu nutzen, zu pflegen und bewusst auszuleben?

Die Ästhetik!

In diesem Buch behandeln wir die Schärfung und die Reaktivierung unserer Sinne, damit wir Ästhetik überhaupt wahrnehmen können. Nur durch wahres Sehen, Hören, Riechen, Schmecken, Tasten und Fühlen können wir die Schönheiten, die Sinnlichkeiten und die Annehmlichkeiten eines erfüllten Lebens genießen.

Dieses Buch soll dazu dienen, den Frauen ihre ursprüngliche Reizwaffe wieder ins Gedächtnis zu rufen.

Aber Vorsicht! Ästhetik kann und wird Ihr Leben verändern! Und das in einer Art und Weise, wie Sie es sich in Ihren kühnsten Träumen nicht hätten vorstellen können. Sind Sie bereit? Dann beginnt für Sie nun der Abschnitt eines neuen Lebensglücks ...

Kapitel 3
Die Begegnung

Ich traf Jacqueline fast zufällig. Wie an vielen Morgen saß ich beim Frühstück, meist Croissant mit Espresso Macchiato, in meinem Stammcafé. Dazu gönnte ich mir die aktuellen Tageszeitungen – so sparte ich mir das Geld für deren Kauf. Ich rechnete nach: Das Frühstück kostete mich etwa zwei Euro neunundneunzig. Eine Zeitung kostete gut einen Euro zwanzig. Eigentlich bräuchte ich nur drei Zeitungen lesen und schon hätte ich ein gutes Geschäft gemacht. Eigentlich hätte ich rein rechnerisch sogar 61 Cent Gewinn, im Monat wären das achtzehn Euro dreißig. So könnte ich mich fast zum Millionär hochrechnen. Gut, dies wäre vielleicht die Basis für ein anderes Buch.

Also, ich war beim Frühstück, versunken in eine der gesellschaftsverblödenden Tageszeitungen, während schräg gegenüber eine Frau saß. Ich hatte sie gar nicht wahrgenommen, als sie kam. Erst jetzt, als ich ein leises Fluchen hörte, blickte ich auf. Der Kaffee rann über ein Tablett und über eine Kaisersemmel. Rasch ergriff sie einige Servietten und versuchte, das Unglück etwas zu bändigen. Aber schon rann auf der anderen Seite des Tisches der Kaffee von der Tischplatte auf den Boden. Ach herrje, vorher jedoch noch auf den Schuh ... wieder Fluchen und beim Versuch, auf der anderen Seite den Kaffee vom Hinunterrinnen abzuhalten, streifte sie mit der anderen Hand die Butter und die Marmelade (Gott sei Dank noch in geschlossenen Plastikbechern) vom Tisch. So langsam konnte sie vom Boden essen, da das meiste vom Frühstück schon dort lag.

Ich sah ihre Hilfe suchenden Augen im Raum umherschweifen. Völlig unsicher (hoffentlich hatte dies niemand gesehen). Ihre Augen blieben plötzlich starr auf mich gerichtet. Die ohnehin schon sehr rote Gesichtsfarbe nahm noch etwas zu. Innerlich verglich ich ihren Kopf mit einem Druckkochtopf kurz vorm Explodieren. Um diese peinliche Situation etwas zu entschärfen, stand ich auf und bat eine Kellnerin um Hilfe. Rasch brachte diese sämtliche Aufräumutensilien und versuchte, Ordnung in das Chaos zu bringen. Ich meinerseits bemühte mich mit einem aufmunternden Lächeln, der Frühstücks-Chaotin etwas Mut zu machen. Ich hatte den Eindruck, die Gesichtsfarbe hätte nun schon von dunkelrot zu schwarzviolett gewechselt. Sollte ich sicherheitshalber auch gleich die Rettung alarmieren? Na, vielleicht war es doch noch zu früh. Ich wartete lieber auf die Explosion des Druckkochtopfs – dann konnte ich immer noch die Rettung holen. 144! Oder war der Notruf für die Rettung doch 122? Hm, also mit Sicherheit wusste ich, dass 133 der Notruf für die Polizei war. Ich konnte mich aus Schulzeiten erinnern, dass wir den Dreiern immer Ohren an den oberen Bogen gezeichnet hatten und am unteren Bogen vom Dreier ein Schwänzchen – dies sollte dann die weißen Mäuse symbolisieren. Die Polizisten nannte man ja auch „weiße Mäuse" – irgendwann mal. Oder hatten wir die Mäuse doch auf die Zweier gemalt?

Nun, in meinem Notrufnummerndurcheinander hatte ich mein Gegenüber aus den Augen verloren. Das Frühstück war wieder beseitigt – aber leider war auch der Platz leer. Hatte die Angestellte die nette Frühstücksdame gleich mit weggeputzt? Nein, das kam nur in diesen dummen TV-Werbungen vor. So unauffällig, wie Jacqueline gekommen war, so unauffällig war sie verschwunden. Bis auf ihr Frühstücken – das war nicht unauffällig gewesen!

Ich hatte nun auch die Lust am Zeitunglesen verloren, stellte mein Frühstückstablett zurück auf eine Abräumplattform und verließ das Lokal. Beinahe wäre ich wieder an ihr vorbeigegangen, doch im letzten Augenblick hörte ich von hinten wieder ein Fluchen. „Verflixt noch mal!" Ich drehte mich um und siehe da, meine Frühstücks-Chaotin. Sie quälte sich mit einem Feuerzeug ab, das anscheinend auch noch den Schock vom Frühstück in den Gliedern hatte und daher kein Feuer spuckte. Die Zigarette blieb ungeraucht – und nun fiel ihr die Zigarette auch noch hinunter.

„Verdammt!" Sie spitzelte die Zigarette mit dem Schuh weg und holte sich eine neue aus der Schachtel, wobei – schwups – schon hatte sie nicht nur zwei Zigaretten in der Hand, sondern auch noch vier am Boden. Ihr Blick schweifte umher und blieb wieder starr an mir haften. Druckkochtopf-Violett ... Ich hörte schon das Zischen und wartete geduldig auf den riesigen Knall, doch der kam nicht.

Wütend warf sie die restliche Schachtel, die beiden Zigaretten in der Hand und das vom Frühstück schockierte Feuerzeug allesamt in den Mülleimer. Sie nahm ihren Autoschlüssel und ging mit großen Schritten zu ihrem Wagen. D. h., sie wollte gehen, denn unmittelbar auf gleicher Höhe, wo ich immer noch, sie verdutzt anstarrend, auf den großen Druckkochtopf-Knall wartete, knickte sie mit dem Schuh um. Ich höre nur ein leises „Autsch", ein Schnauben und ein Klick-Klack, Klick-Klack, Klick-Klack, das sich von mir entfernte. Mein Blick senkte sich vorsichtig zu Boden auf ihre Beine – ups, es sah so aus, als ob nun auch der Stöckel vom Schuh kaputt sei. Ich wagte es nicht, ihr weiter nachzublicken, ich hörte nur, wie sie ihren Wagen aufsperrte und wutschnaubend hineinstieg.

Ich war mir nicht sicher, aber ich bildete mir ein, ein wütendes „Autsch" gehört zu haben, gleich nachdem sie die Autotür zugeschlagen hatte. War es nun das Autsch vom Wagen oder von meiner Frühstücks-Chaotin? Während ich mir den Kopf darüber zerbrach, ging ich gemütlich zu meinem Opel und wunderte mich, dass die Fahrzeuge von heute kaum noch Geräusche machten, wenn sie gestartet wurden. Sicherlich wieder so ein moderner Elektro-Hydro-Super-Motor-Kram. Ich hörte meine Frühstücks-Chaotin gar nicht wegfahren, so leise war sie unterwegs. So leise, wie sie ins Café hinein- und hinausgeschlichen war, so leise entfernte sie sich nun. Oder?

Ich fuhr mit meinem Wagen aus der Parklücke und ... sah meine Frühstücks- und Zigaretten-Chaotin noch immer im Wagen sitzen. Nun machte ich mir schon langsam Sorgen. Konnte diese Frau auf dieser Welt überhaupt allein überleben? Plötzlich überkam mich ein Gefühl des Mitleids, ein Drang zu helfen. Meine

Chaotin sollte überleben, denn bei so viel Missgeschick erstickte sie sicher noch am Telefonkabel vom Handy.

Ich fuhr mein Geschoss, einen schwarzen Opel Astra, wieder zurück in meine Parklücke, stellte den Motor ab und ging zu meiner Frühstücks-, Zigaretten- und Auto-Chaotin hinüber. Ich klopfte vorsichtig an ihre Tür und lächelte sie nett an. Ich schätzte, sie wolle mir die Scheibe öffnen, aber irgendetwas dürfte nicht funktioniert haben. Ich merkte nur, wie sie plötzlich in Tränen ausbrach, wie wild um sich schlug und nur laut schluchzte: „Scheiße ..."

Ich öffnete die Autotür von außen, legte meine Hand auf ihre Schulter und sagte einfach nur: „Ist o. k. – nach so vielen Missgeschicken lade ich Sie nun auf ein kleines Frühstücksbrunch ein." Sie blickte mich ratlos an und öffnete den Mund, um etwas zu sagen, aber es entwich ihr kein Wort.

„Ich schätze, dass ihr Wagen nicht anspringt. Hier nebenan ist gleich eine Werkstatt. Die sollen sich um ihren Wagen kümmern. Wir gehen in der Zwischenzeit auf einen Frühstücksbrunch, denn viel hatten sie ja heute nicht von ihrem ..." Jetzt lächelte auch sie, zum ersten Mal. Ihre finstere Miene hellte sich etwas auf und sie sagte nur kurz: „Einverstanden!"

So lernten wir uns kennen. Jacqueline und ich, das sollte noch eine interessante Geschichte, eine lange gemeinsame Freundschaft, ja, sogar wesentlich mehr werden.

Ich erfuhr von ihrem ach so verhexten Leben. Mit sechzehn wurde sie schwanger, mit achtzehn hat sie dann geheiratet. Ihr Mann war im Exportgeschäft tätig, war die meiste Zeit im Ausland. So musste sie sich mit Kind und einem Halbtags-Job durchs Leben kämpfen. Ihr Mann betrog sie mit seiner Sekretärin und ließ sich Monate später scheiden. Dann begegnete sie einem Mann, der sie verehrte.

Es folgte eine heftige Affäre, die in einem Chaos endete. Nun musste sie noch mehr schuften, um über die Runden zu kommen. Sie bekam bei einer Bank einen Job – aber eben nur halbtags. Ihr unmittelbarer Vorgesetzter nutzte seine Position aus und so begann ihr Leben in Abhängigkeit von der Lust ihres Chefs. Bis sie eines Tages entlassen wurde, weil sie den Ansprüchen ihres

Chefs nicht mehr genügte. Arbeitslos, neue Bekanntschaften, Gelegenheitsjobs usw.

Und nun saß sie vor mir. Eine Frau, die um Jahre gealtert war. Verbraucht und mitgenommen, gezeichnet vom Leben. Doch tief in ihren Augen sah ich noch ein Flackern. Ein Flackern, das sich ganz und gar vom restlichen Menschen, den ich vor mir sah, abhob. Ein Flackern, das Hoffnung, Geheimnis und Sehnsüchte zugleich ausstrahlte.

Sie erzählte mir, dass sie in jungen Jahren eine Schönheit gewesen wäre. Sie hatte ein leichtes Leben. Die Eltern boten ihr alles, was sie sich wünschte. Sie hatte Geld und Zeit, um sich um ihren Körper zu kümmern, um sich zu pflegen, um sich adrett herzurichten. Sie war die gefragteste junge Lady weit und breit. Die Verwandlung zu der Frau, die nun vor mir saß, war enorm.

Wir trafen uns oft und sie erzählte mir immer mehr von ihrem Leben, bis ich wirklich bis ins kleinste Detail alles wusste. Eine wirklich bewegende Lebensgeschichte, aber sollte diese nun hier enden? Ich hatte Jacqueline nun schon in mein Herz geschlossen und ich wollte ihr helfen. Aber wie? Da erzählte sie mir von ihrem „einfachen Leben", wie damals alles so einfach von der Hand gegangen sei. Und das Erfolgsmittel dafür war ihre besondere – und da fiel nun das erste Mal unser Zauberwort – war ihre besondere Ästhetik!

Ich war verblüfft. Ich selbst, eine Großmeisterin der Ästhetik, eine Befürworterin der guten Sitten und eine Verfechterin und Kämpferin gegen das ordinäre Vulgärgehabe – ich selbst hatte den Grund für ihre Abwärtsspirale nicht gleich erkannt. Und nun plötzlich fiel es mir wie Schuppen von den Augen:

Der Grund, warum so viele Menschen straucheln und eine Entwicklung zurück zu unseren Vorahnen durchmachen. Der Grund, warum frustrierende Gleichgültigkeit aus den Augen der durch die Rushhours huschenden Menschen quillt. Der Grund, warum es vor lauter Gestank, Unsitten, bösen Worten, frustrierend anzusehenden Fleischquallen auf zwei Beinen nur so wimmelt. Krüppelzehen und Krampfadern ziehen sich um die Wette in die Blicke der zu Boden blickenden Frustwutzies.

Mir graut oft in den Geschäften, wenn viele Menschen anwesend sind – ein Gemisch von kalten, tagelangen Schweißabsonderungen und den unterschiedlichsten Duftnoten von Lautoder Leisefurzern. Anscheinend ist der Furz schon ein akzeptierter gesellschaftlicher Vorgang. Kein Anzeichen von Schamgefühl oder Peinlichkeit. Nein, heute steht jeder zu seinem Furz. Je lauter und duftender, umso besser! Haben wir je eine Möglichkeit, unsere Gesellschaft zu ändern? Es gibt Gott sei Dank hie und da noch einige wenige Ausnahmen, die plötzlich ein außerirdisch scheinendes sinnliches Benehmen an den Tag legen. Noch gibt es das kleine Pflänzchen der Ästhetik, den Heiligen Gral.

Und so plötzlich, wie mir in diesem Moment allen Übels Ursache klar geworden war, genau so plötzlich hatte ich mich entschlossen, Jacqueline zu helfen. Ihr zu helfen, wieder ihre Sinne zu schärfen, auf den Weg der wahren Ästhetik zurückzufinden. Ihr zu helfen, das, was sie mal kurz hatte und sich ewig wünschte, wiederzuerlangen: Zufriedenheit, Anerkennung, Erfolg, Glück, Liebe, Lust und Ekstase. Jacqueline sollte wieder eine Frau des Erfolgs und der Zufriedenheit werden.

Lange hatte ich an diesem Abend nachgedacht, wie ich ihr das beibringen könnte. Wie ich sie dazu bringen konnte, sich von mir in die Welt der Ästhetik zurückholen zu lassen. Zurück in die Welt der Sinnlichkeit und des Glücks.

Leider flog ich in den darauffolgenden Wochen nach Ecuador. Während des Fluges nach Quito hatte ich aber genügend Zeit, eine Strategie zurechtzulegen, wie ich am besten vorgehen könnte. Natürlich mochte ich Jacqueline nicht überrumpeln, nicht überfordern. Sie hatte im Kopf eine große Blockade und diese galt es, nun zu lösen. Ich musste sie wieder mit Lebensfreude füllen, sie musste sich selbst wieder lieben und spüren lernen. Sie musste ihre Sinne wieder für die schönen Dinge im Leben schärfen. Wenn mir dies gelingen sollte, dann stiege sie empor wie Phönix aus der Asche.

Ich verbrachte einige Tage in Otavalo, der dortige Indiomarkt war eine Augenweide. Im Hochland der Anden erfüllte mich jedes

Mal ein vertrautes Gefühl, ein Gefühl des Glücks. Ich musste in einem früheren Leben schon mal hier gewesen sein. Warum zöge es mich sonst immer wieder hierhin? Mich faszinierten die Menschen dort. Mit dem wenigen, was sie hatten, gaben sie sich zufrieden. Sie lebten unter harten Bedingungen. Hier, auf etwa 2500 m Höhe, waren die Lebensbedingungen nicht einfach. Aber überall sah ich glückliche und zufriedene Menschen. In jedem Gesicht fand ich ein Lächeln. Ein Lächeln, das mich mitriss. Ein Lächeln, das vielleicht die Härte des Alltags verdrängte, aber von Freundlichkeit und Lebenslust nur so strahlte.

Da dachte ich wieder an Jacqueline. Na klar, ein Lächeln im Gesicht ist die Basis für die Bewältigung von Problemen, ist der Start für eine neue, glückliche Zukunft, ein Lächeln ist der Ursprung des Glücks. Wie konnte ich nun in das Gesicht von Jacqueline ein Lächeln zaubern? Nicht nur ein kurzes, verlegenes Lächeln, nein, ein dauerhaftes Lächeln, das Kraft, Freude und Lust weitergab.

Ich erledigte in den nächsten Tagen meine Geschäfte in Ecuador und flog dann von Quito aus wieder zurück – stets in Gedanken versunken, wie meine nächsten Schritte sein würden. Wie sollte ich mich bei Jacqueline wieder in Erinnerung rufen, wie sollte ich an sie herantreten? Oder war in der Zwischenzeit der Druckkochtopf schon explodiert ...?

Kapitel 4
Der Start ins neue Leben

Die Sorge um das In-Kontakt-Treten war völlig umsonst. Ich begab mich wieder auf mein alltägliches Frühstück in „unser" Lokal und dachte immer noch darüber nach, ob ich sie anrufen sollte. Oder wäre es besser, noch etwas zu warten? Seit unserem Treffen waren immerhin gute drei Wochen vergangen. Ich holte mir meinen obligatorischen Espresso Macchiato und dazu mein Croissant, griff mir die nächstgelegene Gesellschaftsverblödung in Form einer Tageszeitung und setzte mich auf meinen geliebten Stammplatz.

Frische Croissants kann man unmöglich mit dem Messer in der Mitte auseinanderschneiden, um diese dann mit Butter oder Marmelade zu bestreichen. Also hatte ich mir schon meine eigene Taktik zurechtgelegt. Ich verzichtete auf die Butter, nahm nur Marillenmarmelade und bestrich stets nur jenen Teil des Croissants damit, den ich im nächsten Moment abbiss. So machte ich beim Verschlingen meines kleinen Frühstücks wenigstens eine halbwegs gute Figur. Ich hatte gerade die Marmelade geöffnet, nahm mein Croissant und griff nach dem Messer, als mein Blick flüchtig durchs Lokal schweifte. Plötzlich blieben meine Augen wie starr stehen.

Da saß sie wieder – Jacqueline. Ganz unscheinbar, ganz unauffällig. Ich hätte sie beinahe wieder nicht wahrgenommen. Plötzlich griff ich anstatt zum Messer an den Rand meines Espresso Macchiato, sodass meine Tasse umstürzte und der ganze Espresso (na ja, viel ist da ohnehin nicht drin) quer über meinen Tisch floss. Wie peinlich! Das waren genau diese Augenblicke, die ich liebte. Schnell packte ich meine Servietten und drückte diese auf den ausgeflossenen Espresso. Gott sei Dank rann noch nichts auf den Boden. Ich hatte diesmal mehr Servietten mitgenommen. Anscheinend hatte ich schon eine Vorahnung gehabt, dass ich ins Fettnäpfchen treten würde. Nun, die Servietten reichten aus, um mein Chaos einigermaßen in den Griff zu bekommen. Das Croissant ähnelte allerdings einem nassen Pudel. Na, eigentlich reichte mir mein Frühstück nun. Alles zurück aufs kleine Tablett und weg damit. Ich blickte vorsichtig in Richtung Jacqueline und bemerkte, dass sie auf mich starrte und amüsiert lächelte. Na, wenn dies nicht der richtige Zeitpunkt war. Ich stand auf und ging zu ihr an den Tisch. „Hallo Jacqueline, heute habe ich anscheinend meinen schlechten Tag. Wie geht's? Ich hoffe, ich habe nicht allzu viel Aufsehen im Lokal erregt?" „Hallo", war ihre freundliche Antwort. Noch immer lächelte sie mich amüsiert an. „Ich bin nur froh, dass nicht nur mir diese Missgeschicke passieren." Diesmal fühlte ich, wie sich etwas Röte in mein Gesicht zog.

Ich erzählte ihr von meinem Ausflug nach Südamerika, auch dass ich viel über sie nachgedacht und mir fest vorgenommen hätte, sie glücklich zu machen ...

Sie sah mich verdutzt an und fragt vorsichtig nach: „Mich glücklich machen? Also wie soll ich das jetzt verstehen?"

„Sorry. Ich hab mich nun doch etwas tollpatschig ausgedrückt. Ich glaube, ich kenne den Grund für deine Verwandlung von – na sagen wir, der kleinen Glücksprinzessin von damals zum etwas vom Leben gebeutelten Dasein. Ich bin mir sicher, dass wir dein Lebensglück, deine Eleganz, deinen Stolz und deine Selbstzufriedenheit wiederfinden werden. Vorweg möchte ich von dir nur eines wissen." „Na, und das wäre?", fragte sie unsicher. „Es gibt eine weibliche Macht, eine weibliche Waffe, die alles andere auf Erden schlägt. Damit bist du nicht nur unbesiegbar, damit avancierst du zum Star." „Ich und ein Star – was soll der Blödsinn?", sie klang noch unsicherer.

Ich hoffte nur, sie nahm nicht an, dass mich die Hochlandsonne Südamerikas total verblödet hätte – oder es vielleicht diese für ein halbwegs intelligentes Gehirn sehr gefährlichen Tageszeitungen gewesen wären. Egal! „Nein, lass dich auf ein Experiment ein! Ich verspreche dir, wenn du nicht innerhalb einer Woche einen Fortschritt erzielst oder fühlst, dann beenden wir alles und die nächsten einhundertsiebenundvierzig Frühstücke gehen auf meine Rechnung."

Nun, dieser Vorschlag hatte gewirkt. Obwohl sie natürlich noch immer keine Ahnung hatte, wovon ich sprach, willigte sie in mein Vorhaben ein.

Dies war also der Beginn eines neuen Weges, eines Weges, der auf allen nur erdenklichen Gebieten nach oben führen und neue Türen und Tore in ihr eigentliches Ich öffnen sollte.

Ich war natürlich Feuer und Flamme. Wie sollte ich nun meinen Plan umsetzen? Also das Wichtigste war: Ich musste erst eine Struktur in meine Gedanken bringen. Nur nichts überstürzen, nur keine Kreuz-und-quer-Aktionen. Nein, alles sollte nach einem gut durchdachten und für Jacqueline einfach umzusetzenden Plan erfolgen. Wir vereinbarten, dass wir mit „unserem Projekt" in vierzehn Tagen beginnen würden. Start beim Frühstück in „unserem Lokal".

Die nächsten Abende und Nächte arbeitete ich fast durch. Ideen zusammenfassen, einige Gedanken hier und da, etwas Recherche, und langsam entstand ein Manuskript, ein Stufenplan ins Glück, es entstand mein Gedankenwerk: *der Weg zur vollendeten Ästhetik*.

Nach exakt 13 Tagen, dreiundzwanzig Stunden und vierunddreißig Minuten trafen wir uns zum Start unseres gemeinsamen Projekts – natürlich in „unserem Lokal", natürlich bei einem Frühstück, aber diesmal ohne Volksverblödung (ich hatte keine Zeit zum Lesen).

Jacqueline war sichtlich nervös. Die Aufregung konnte ich in ihren Augen lesen und auch eine große Erwartung. Bekam ihr langweiliges Leben nun endlich wieder etwas Aufregung, etwas mehr Vitalität? Mit großen Augen und einem strahlenden Lächeln blickte sie mich stumm an. In diesem Moment dachte ich mir: Vielleicht war ihr Gedanke: Mach mich glücklich, egal wie, aber glücklich …

Ich musste über so einen blöden Gedanken schmunzeln. Etwas Unpassenderes konnte mir in diesem Augenblick wirklich nicht einfallen.

Doch ich erkannte plötzlich etwas Strahlendes in ihrer Aura. Ja, ihr Lächeln. Sie hatte ihr hübschestes Lächeln aufgesetzt. Genau so, wie ich es in Südamerika erfahren hatte, genau so wirkte es jetzt. Ein Lächeln im Gesicht eines Menschen bewirkt wahre Wunder. Plötzlich war sie nicht mehr die unscheinbare Frau, die kam und verschwand, ohne von irgendjemandem wahrgenommen worden zu sein. Nein, sie fiel auf. Durch ihr Lächeln zog sie einige Blicke in ihren Bann.

„Nun, die erste Lektion hast du bereits ohne mich gelernt!" Sie starrte mich verdutzt an. „Dein Lächeln", sagte ich, „ein Lächeln ist der Grundstein für ein glückliches Leben. Konzentriere dich künftig darauf, dass du immer lächelnd durchs Leben gehst. Wenn du an der Supermarktkasse zahlst, lächle die Kassierin an, wenn du an der Straßenkreuzung bei Rot anhalten musst, lächle die anderen vorbeifahrenden Autofahrer an, wenn du allein zu Hause bist und kochst oder wäscht oder was auch immer, lächle dabei. Das Lächeln musst du dir zur Gewohnheit machen. Ein Lächeln zieht an, ein Lächeln entwaffnet deine Gegner, ein Lächeln putscht dich und deinen Geist und Körper auf. Lächle ..." Und Jacqueline lächelte: „O. k., und weiter ...?"

„Wir arbeiten gemeinsam an einer Sache, an einem Zauberwort, an einem Weg zu Erfolg, Glück, Erfüllung und Ekstase – wir schärfen wieder deine Sinne für die Ästhetik!" Jacqueline sah mich verblüfft an (ohne Lächeln): „O. k., und weiter ...?"

„Also, ich habe eine Frage an dich, Jacqueline: Was verstehst du unter Ästhetik?" „Also unter Ästhetik, na ja ...", sie stammelte ein paar Worte, aber es fiel ihr schwer, die richtigen Worte zu finden. Fragend blickte sie mich an, natürlich mit einem Lächeln.

„Ich werde dich in die Bedeutung und die Wirksamkeit der Ästhetik in den nächsten Wochen und Monaten einführen. Ästhetik wird dein Leben verändern – aber sehr zum Positiven. Du wirst danach ein anderer Mensch sein. Ein Mensch, der mit sich und seinem Leben zufrieden und glücklich ist. Ein Mensch, der plötzlich geliebt und begehrt wird, ein Mensch, der plötzlich Erfolg und Glück hat, dem seine Vorhaben gelingen, ein Mensch, der scheinbar durchs Leben schwebt. Bis dahin ist es aber noch ein weiter Weg und vor allem noch viel Arbeit, viel Mühe und vor allem viel Entschlossenheit! Willst du diesen Weg gehen?" „Ja, wenn du mir dabei hilfst, auf alle Fälle!", und sie lächelte.

„Wir müssen uns für unsere Treffen einen Ort suchen, nicht bei dir in der Wohnung, nicht bei mir, nicht in einem Lokal. Ein Ort, wo wir uns ungestört diesem Thema widmen können, ein Ort mit viel Energie, ein Ort, wo wir nach draußen in die Natur flüchten können, aber auch einer, wo wir uns einschließen und von der Außenwelt abkapseln können. Ich habe mich bereits umgesehen und das Passende für uns gefunden."

„Und wohin gehen wir?" Ungeduldig fragte Jacqueline nach und sah mich erwartungsvoll an. „Ich zeige es dir. Wir fahren am besten gleich los!"

Wir stiegen in meinen Wagen und brausten los. Also, wir fuhren los. Mein Opel Astra fährt eigentlich mehr, als dass er braust. Gespannt saß Jacqueline neben mir, mit neugierigen, weit aufgerissenen Augen. Und sie lächelte. Nach einiger Zeit erreichten wir unser Ziel:

„Ein Schloss ..." Jacqueline war sprachlos, aber ihre Augen funkelten. Ich konnte ihr anmerken, dass sie noch nie in einem Schloss gewesen war. Es war ein kleines, aber sehr nettes Schloss, dürfte so im 15. Jahrhundert erbaut worden sein. Es lag in einem ländlichen Gebiet, genau passend für unser Vorhaben. Ich fuhr mit dem Wagen vor und parkte ihn etwas seitlich vom Zugang.

Wir stiegen aus und schritten über die kleine Zugbrücke. Darunter befand sich ein kleiner Burggraben – ohne Wasser, aber es war ein Burggraben. Ob hier jemals Wasser floss, konnte ich nicht sagen. Wahrscheinlich nicht, woher sollte es auch zugeleitet worden sein. Freilich, weiter unten zog ein Fluss vorbei, aber ich glaube kaum, dass hier Wasser heraufgepumpt wurde. Irgendwo hatte ich aber mal gelesen, dass dieses Schloss ein sogenanntes „Wasserschloss" sei. Also ein Schloss, umgeben von natürlich oder künstlich angelegtem Wasser. Ob alles stimmt, was so überliefert wird, na, sicher bin ich mir da nicht. Aber das spielte jetzt auch keine Rolle.

Der Innenhof war klein, aber sehr putzig. Bei schönem Wetter könnten wir hier im Freien sitzen. Vor dem Schlosscafé waren im Innenhof einige Sitzplätze aufgestellt. Wir begegneten hier nur wenigen Menschen. Ideal für unser Projekt, sodass wir auch kaum gestört werden konnten.

Das Schloss hatte eine große Empfangshalle, mit Glas überdacht, sodass genügend Licht in den Innenbereich fiel. Linker Hand führte eine Treppe in den Weinkeller, die Tür war geöffnet und wir konnten den stimmungsvollen Keller hinter einem schwarzen Gitter gut erkennen. Rechter Hand befand sich eine kleine Bar, dahinter war ein größeres, sehr geschmackvolles Café eingebaut. Es führte eine Treppe nach oben, zu Zimmern und Seminarräumen. Wir standen nun vor der großen Rezeption und ich schlug auf den kleinen Gong. Ich liebte das und hoffte immer, dass in der Rezeption bei meiner Ankunft noch niemand warten würde. So konnte ich öfters auf den Gong drücken. Dingggg … Wir sahen nach links, hier führte ein Durchgang in das Restaurant und in die Schlossküche. Es sah alles sehr gediegen aus. Dingggg … Ich genoss es, dass die Rezeptionistin sich Zeit ließ. Dinggggg …

Plötzlich kam aus einem dahinterliegenden Büro eine freundliche Dame und begrüßte uns mit einem Lächeln. „Ich habe vorhin angerufen und das Zimmer reservieren lassen." „Ach ja, auf den Namen Claudia Wer, ist das richtig?" „Ja genau, vielen Dank!" Ich füllte noch das notwendige Formular aus, nahm den Zimmerschlüssel entgegen und bedankte mich. Jacqueline bedankte sich ebenfalls und lächelte zurück.

„Liebe Jacqueline, ich finde ein geschmackvolles Schlosszimmer für unser Projekt wesentlich stilvoller als einen sterilen Seminarraum. Was meinst du? Aber sieh dir das Zimmer mal an und sage mir, ob es dir gefällt."

Jacqueline nickte, folgte mir eine kleine Treppe hinauf und schon schloss ich die Türe zu einer stilvollen Suite auf. Ich ließ Jacqueline den Vortritt. Sie trat ein paar Schritte in den Raum und blieb mit offenem Mund stehen.

Sie blickte sich vorsichtig um und sah mich danach fragend an. „Ist dies nicht ein bisschen übertrieben?" „Nein, wenn es dir gefällt und für dich in Ordnung ist, dass wir hier unser Projekt durchziehen, dann machen wir es so. Du kannst hier natürlich auch übernachten, wenn du möchtest. Ich habe es für ein paar Monate im Voraus bezahlt. Schließlich machen wir aus dir eine besondere Frau, dies sollte auch in einem besonderen Rahmen erfolgen.

Ich werde dich vier- bis fünfmal pro Woche besuchen und dann werden wir an dir arbeiten. Den Rest der Zeit nütze für dich und deine Verwandlung. Genieße diese Zeit, aber nimm sie auch sehr ernst. Du wirst Zeit brauchen, um dich zu entspannen, aber auch, um dich von den zu erwartenden Strapazen zu erholen. Du wirst Zeit haben, um dich zu pflegen und deinen Körper wieder zu verwöhnen. Du wirst wieder viel Zeit für dich selbst haben. Es wird ein mühevoller, aber reizvoller Weg werden. Wichtig ist, dass du aus vollstem Herzen heraus diesen Weg gehen willst. Noch hast du die Möglichkeit, umzukehren und zu deinem jetzigen Leben zurückzukehren. Aber wenn wir einmal mit unserem Projekt begonnen haben, gibt es für dich kein Zurück mehr. Dann musst du durchhalten, dann musst du den Weg zu Ende gehen. Willst du das?"

Noch immer stand Jacqueline mit offenem Mund und einem Strahlen in den Augen im Raum. „Ja, natürlich will ich das. Ich vertraue dir vollkommen. Also los, worauf warten wir noch?" Und sie lächelte ...

Kapitel 5
Ästhetik

„Nun, Jacqueline, ich habe dich mal gefragt: Was bedeutet Ästhetik? Dieser Begriff ist zunächst gar nicht so einfach zu erklären. Die passendste Bezeichnung wäre wohl Sinnlichkeit, die Wahrnehmung von Schönheit, von Harmonie, von Faszination bis hin zur wahren Erotik. Durch das Schärfen unserer Sinne können wir das Schöne und An- und Erregende dieser Welt erfahren. Sind unsere Sinne wieder auf Trab gebracht, so sind wir für die wahren Werte wieder empfänglich."

Ich bin der festen Überzeugung, dass jeder Mensch mit Sinn für die Ästhetik geboren wird. Kinder verstehen es, sich richtig in Szene zu setzen, sich zu bewegen, zu blicken, zu lächeln. Darum schließen wir die Kinder auch schnell in unser Herz. „Ist sie nicht süß? Hast du nicht gesehen, wie er mich angelächelt hat? Sieh doch, diese süßen kleinen Händchen ..."

Doch im Laufe der sogenannten Erziehung verlieren viele Menschen den Sinn und das Gespür für Ästhetik. Wenn wir also mit Ästhetik in unserem Inneren auf die Welt kommen, so müssen wir diese Ästhetik in uns wiederfinden. Und nützen! Ästhetik ist nicht nur unser Äußeres, nein, auch unser Benehmen, unser Handeln, unser Sprechen, unser Blick, unser Gefühl, unsere Gedanken – dies alles fällt unter den Bereich der Ästhetik und noch vieles mehr.

Ist es der Alltag, der uns Menschen so abstumpfen lässt? Arbeit, Zeitdruck, Stress, Medien, Handy, I-Pod, E-Mail, Facebook, Twitter, finanzieller Druck ... Und natürlich viel zu wenig Zeit für echte Zweisamkeit. Obwohl – was bedeutet Zweisamkeit? Zweisamkeit soll nicht Einsamkeit bedeuten. Rückzug vom Freundeskreis, Rückzug vom flüchtigen Alltagsflirt, Rückzug vom gesellschaftlichen Wohlfühlen, Rückzug vom ... ja, vom alten Leben. Kaum stürzt Mann/Frau sich in eine Beziehung, ist das Ablaufdatum schon vorprogrammiert. Denn das Gefühl, das wir erfahren, wenn wir mit rosaroten Brillen durchs Leben schweben, lebt nur kurz. Allzu rasch wird es vom brutalen Alltag verdrängt, vernachlässigt, abgewürgt, ja, geradezu erstickt. Null, tot, aus! Doch Frau ist sich viel zu wenig bewusst, dass ihre wahren Waffen stets gewartet werden müssen. Diese machen das Leben für die Frau (und auch für den teilhabenden Mann) viel einfacher, viel gefühlsbetonter, viel rosaroter! Eine Dauerekstase, eine komplette Schmetterlingsfarm im Bauch, ein Leben auf einer Wolke, Tag für Tag, Nacht für Nacht, Woche für Woche, Jahr für Jahr ...

Kein Wunder, dass dieses sensible Pflänzchen von dauerndem Glück, Erfolg und Leidenschaft kaum wachsen kann. Übersexualisierte Werbung, brutale Pornos, unzärtliche, lieblose Liebesfilme als Dumm & Doof Serien ins Endlose gewürgt, Sexspielzeug, das eher an Folterwerkzeuge und Gartengeräte als an aufreizende Genitalzonen erinnert. Sex wurde zur banalen und schmutzigen Partnerbefriedigung degradiert. Kaum ein Hauch von Liebe, von Zärtlichkeit, vom Entzücken über eine Berührung, vom Duft, vom Geschmack, vom Reiz seines Gegenübers. Schmutzige Worte wie etwa: „Ja, Schlampe, fick mich, steck mir den Schwanz rein, geile Sau, stopf mich ...", das schäumt ja nur so über vor lauter Zärtlich- und Sinnlichkeit (es schwappt vielleicht über, aber nicht vor lauter Gefühlen!).

Warum haben die Frauen verlernt, ihre geheimste, wirkungsvollste und das größte Glück versprechende Waffe zu nutzen, zu pflegen und bewusst auszuleben?

„Jacqueline, du kannst in deinem eigenen Leben, an deinem eigenen Körper diese Veränderungen feststellen. Bist du nicht genauso an einem abgestumpften Abschnitt in deinem Leben angelangt? Du wirst sehen, wenn wir deine Sinne wieder richtig sensibilisiert haben, wenn wir deine Gedanken wieder in die richtige Bahn gebracht haben, dann werden sich auch dein Lebensrhythmus und deine Lebensqualität total verändert haben. Dies wird in den nächsten Wochen und Monaten unsere Aufgabe sein. Ich werde dich lehren, deine Sinne wieder entsprechend zu schärfen."

„Wir beginnen morgen mit dem ersten Sinn: **dem Hörsinn**. Hören und Sprechen – diese beiden Bereiche gehören unwillkürlich zusammen. Schärfe deinen Hörsinn, dann hörst du wesentlich mehr als andere Menschen, du hörst andere Dinge als die anderen. Aber achte auch auf den dazugehörigen Gegensinn, das Sprechen. Sprich so, dass das, was du meinst, auch gehört wird. Daher muss nicht nur das Gehör, sondern auch die Sprache geschärft werden."

„Genieße noch den heutigen Tag und Abend. Morgen starten wir in dein neues Leben!"

Kapitel 6
Der 1. Sinn – Lerne zu(zu)hören – Die Wirkung der Sprache

Um 10 Uhr klopfte ich an Jacquelines Schlosssuite. An unserem ersten Tag wollte ich sie nicht zu früh wecken. Sie sollte doch ihre Nacht im Schloss genießen. Schon öffnete sie die Tür, sichtlich aufgeregt, und bat mich ins Zimmer.

„Na, wie fühlt man sich nach der ersten Nacht als Schlossherrin?", lächelte ich sie verschmitzt und mit einem Augenzwinkern an. „Ich konnte vor lauter Aufregung fast gar nicht schlafen. Dies ist alles so neu für mich. Was machen wir nun als Erstes?"

Die Worte sprudelten nur so aus ihrem Mund, ihre Aufregung war spürbar. Eigentlich wollte ich mich genüsslich ihrem Schloss-Frühstücks-Brunch anschließen, aber ... Ich blickte flüchtig an meiner Hüfte entlang und entschied, dass ich meine recht gut erhaltene und reizvolle Figur doch länger behalten wollte. Also – Frühstück gestrichen.

„Wir sprachen darüber, dass wir deine Sinne schärfen werden. In den nächsten Tagen wird sich alles ums Thema ‚Hören' und ‚Sprechen' drehen. Du musst wieder lernen, richtig zuzuhören. Dazu machen wir nun einen kleinen Ausflug." Wir stiegen in meinen Wagen und fuhren los. Während der Fahrt erzählte ich ihr von meinen Erfahrungen:

„Eine mir sehr liebe Freundin hat die außergewöhnliche Gabe, so zu sprechen, dass sie mit ihren Worten sofort die Aufmerksamkeit der Zuhörer auf sich zieht. Egal, ob es sich um aktive oder passive Zuhörer handelt. Sie spricht und schon drehen sich die Leute nach ihr um, um zu sehen, von wem diese Worte stammen. Sie hat keinen besonderen Dialekt, spricht auch kein wunderschönes Hochdeutsch, nein, es geht vielmehr um die Stimmlage, die Aussprache, die Wortwahl, die Emotion, die sie in ihre Worte legt. Sofort wirkt sie auf die Zuhörer sympathisch und interessant. Ja, ich würde sogar sagen, sehr anziehend und oftmals erotisch. Sie ist ein Mensch, nach deren Gesellschaft man sich sehnt. Endlich eine Person, mit der man quatschen, philosophieren oder einfach sich nett unterhalten kann."

Um das Feingefühl für Ästhetik wiederzugewinnen, ist es daher wichtig, sich dem Thema „Hören" und „Sprechen" zu widmen. Wie oft erleben wir in unserer völlig verkorksten Gesellschaft, dass wir gefragt werden: „Hallo, wie geht's dir?" Und bevor wir überhaupt ansetzen können, zu antworten, plappert unser Gegenüber schon weiter, erzählt von den eigenen Problemen oder gerade zufällig Erlebtem und gibt uns gar nicht die Chance, auch nur einen Einwand unseren Gemütszustand betreffend einzuwerfen. Könnte ja sein, dass wir dann mehr über mich sprechen würden als über den soeben erlebten Höhepunkt unseres Gegenübers (der bei unseren Frustwuzzis, aus sexueller Sicht gesehen, eh nur alle 7 Jahre mal stattfindet).

Wir erreichten ein Innenstadt-Einkaufscenter und betraten ein kleines Dessousgeschäft. Ich blickte mich kurz um und entdeckte bald ein weißes Seidentuch. „Dieses Tuch wird uns noch gute Dienste erweisen. Es wird eines der wichtigsten Utensilien für die nächsten Wochen und Monate sein." Danach setzten wir uns vor ein nettes Café und bestellten uns zwei Espressi. Wir genossen den – ausnahmsweise mal guten – Kaffee und beobachteten die Leute, die bei uns vorbeihuschten. Der übliche Frust- und Horror-Laufsteg einer verkommenen Stressgesellschaft. Was da wieder für Grauslichkeiten auf Beinen vorbeizogen, war schon abenteuerlich, aber für unser Experiment gerade richtig.

„Ich verbinde dir nun mit dem Seidentuch die Augen und möchte, dass du dich vollkommen auf das, was du zu hören bekommst, konzentrierst. Achte nicht nur auf das Gesagte, sondern auch auf die Stimmlage, auf die Emotion in den Worten und versuche, dir ein Bild von der sprechenden Person zu machen."

Jacqueline blickt mich noch etwas verdutzt an, aber nicht lange, da ich ihr gleich das Seidentuch umband. Ich konnte spüren, dass sie noch nicht so recht wusste, was dies nun alles sollte. Beim Umbinden des Tuchs strich ich ihr völlig ungewollt über die Wangen und spürte plötzlich ein angenehmes Kribbeln. Ich genoss dies und dehnte diese Streichpose so lange wie möglich aus. Anscheinend empfand auch Jacqueline diese Berührung sehr angenehm oder in diesen Moment vielleicht auch nur beruhigend. Irgendwie lag ein leises Knistern in der Luft.

Nach ein paar Minuten fragte ich Jacqueline, was sie akustisch rund um sich aufnahm: „Momentan empfange ich nur einen hohen Lärmpegel, ein Gemisch aus Musik, Gekreische und Gesprächsfetzen, weinende Kinder, undefinierbare Laute, und ... ah ja, irgendwo bellt ein Hund." „Sehr gut. Und nun konzentriere dich auf ein Gespräch von Personen. Versuche, diesem Gespräch zu folgen." Auch ich schloss nun meine Augen und gab mich ganz dem Geräuschpegel des Einkaufszentrums hin.

Ein Pärchen huschte vorbei. Der Mann jammerte ständig, weil es schon spät war und sie immer noch kein Geschenk für jemanden gefunden hatten. Die Frau wiederum gab ihrem Mann die Schuld an dieser Lage, da ihm die Kette und der Ring nicht gefallen hätten. Man spürte bei diesem Gespräch direkt die Anspannung zwischen den beiden Personen. Als die beiden außer Hörweite waren, fragte ich Jacqueline, was sie nun gehört und gefühlt habe.

„Erst konnte ich aus dem Durcheinander an Geräuschen gar nichts richtig erkennen, aber langsam bekam ich ein Gefühl dafür, einzelne Gespräche zu unterscheiden. Bei den beiden letzten Personen, die sich wegen des Geschenks stritten, empfand ich nur Unzufriedenheit, keine Liebe oder Respekt gegenüber dem anderen. Hierbei dürfte es sich um ein Pärchen gehandelt haben, das anscheinend schon länger zusammen war und sich kaum noch etwas zu sagen hatte. Die Gefühle füreinander dürften hier schon ziemlich abgeflaut sein."

„Sehr gut, Jacqueline", ich war überrascht, wie schnell sie gelernt hatte, nicht nur zu hören, sondern auch „hineinzuhören". „Wie du nun selbst erleben konntest, ist es möglich, aus den Worten und der damit verbundenen Emotion sehr viel über denjenigen zu erfahren, der diese Worte spricht. Bei einem Gespräch zwischen zwei oder mehreren Personen kannst du mit etwas Übung leicht die emotionale Beziehung der einzelnen Personen zueinander erkennen. Wer achtet und wer respektiert wen, wer ist von wem erotisch angezogen und wer kann wen überhaupt nicht mehr ausstehen. Ich würde vorschlagen, wir machen noch ein paar Übungen. Konzentriere dich wieder auf die Gespräche."

Ein junges Pärchen spazierte gemütlich vorbei, beide sehr verliebt. Aus dem Gesagten und dem Gefühl, wie die Worte gesprochen wurden, spürten wir sofort, dass hier noch eine große emotionale Verbindung vorhanden war. Wie liebevoll und respektvoll beide miteinander umgingen. Diesen zweien war wirklich schön zuzuhören.

So erlebten wir noch etliche Beispiele und das Gehör von Jacqueline wurde immer mehr geschärft. Sie konnte sich nicht nur besser auf das Gesagte konzentrieren, sie konnte auch mehr und mehr die Gefühle, die hinter den Worten standen, fühlen.

„Und nun lerne, aus dem Gehörten das Positive, das Angenehme, das Liebevolle in das Gesprochene umzusetzen. Achte künftig auch auf deine Worte. Es gibt einige Grundregeln für die Ästhetik beim Sprechen. Je besser du diese beherrscht, umso mehr werden deine Worte gehört und respektiert, ja, man sehnt sich dann sogar nach deinen Worten. Kommen wir zu einem Beispiel:

Du kannst dir von den zwei Personen einen Gesprächspartner aussuchen. Der eine verwendet stets brutale Kraftausdrucke: ‚Das ist Scheiße! Verdammt noch mal! Diese Volltrotteln' usw. Er spricht in lautem, kraftvollem Ton mit überzeugtem Egoismus, er will seinen Willen nicht nur dem Gegenüber aufzwingen, sondern auch immer recht haben.

Oder die zweite Person, die mit ihren Ausdrücken doch etwas gewählter und freundlicher umgeht: ‚Das ist aber lieb von dir. Das finde ich echt nett.' Die ein freundliches Lächeln auf den Lippen hat und dem Gesprächspartner stets in die Augen blickt, wenn sie sich unterhalten."

„Natürlich die zweite Person", antwortete Jacqueline wie aus der Pistole geschossen.

„Ja, das war auch relativ einfach, aber ich habe dieses Beispiel bewusst überzogen, um die Unterschiede viel krasser darzustellen. Aber merke dir folgende Grundregeln für mehr Ästhetik in deiner Sprache und bei deinen Unterhaltungen:

1. *Schimpfe und lästere nicht über andere Personen. Dies ist die einfachste Form der Kommunikation. Wer sonst nichts im Hirn hat und mit dem sonst kein Gespräch möglich ist, der schimpft einfach über andere. Dies sind Gespräche auf niedrigstem Niveau.*
2. *Achte auch immer auf die richtige Lautstärke beim Gespräch. Eine Grundregel lautet: Je lauter das Gespräch, desto niedriger das Niveau. Typisch sind hier die Streitgespräche. Wenn schon keine vernünftigen Argumente mehr gefunden werden, so wird das Gespräch lauter und die Worte bewegen sich dann auch weit unter der Gürtellinie.*
3. *Sprich mit einem Lächeln. Allein ein Lächeln strahlt schon Freundlichkeit und Höflichkeit aus. Mit einem Lächeln bist du schon eine positive Anlaufstelle bei Gesprächen. Jeder unterhält sich doch lieber mit einem freundlichen und lustigen Menschen als mit einem alten Grantler.*
4. *Vermeide, schnippisch zu sein, Hochmut und Wichtigtuerei. Damit stellst du dich über dein Gegenüber und drückst – ob gewollt oder ungewollt – deine Überlegenheit aus."*

Nach einiger Zeit und vielen Hör-Beispielen fuhren wir wieder zurück in Jacquelines Schlosssuite. „Ich möchte dir noch ein anderes Beispiel für die Sinnlichkeit von Worten geben. Lege dich einfach gemütlich auf dein Bett, ich binde dir wieder das Seidentuch um die Augen."

Ich setzte mich dann auf die Bettkante und Jacqueline legte sich entspannt ins Bett, die Beine leicht angewinkelt und die Arme seitlich locker abgelegt. Ich ertappte mich dabei, wie mein Blick nun langsam ihren Körper entlangstrich. Sie hatte eine wirklich gute Figur, eher kleine Brüste, einladende Hüften, hübsch geformte Beine. Sie trug einen kurzen Rock und Strümpfe, die Schuhe hatte sie natürlich ausgezogen. Es durchfuhr mich ein leichter Schauer. Wie gerne würde ich sie entlang ihrer Beine und der knisternden Strümpfe streicheln. Ich spürte auch einen anregenden Duft, mein Geruchssinn ist ja enorm feinfühlig. Ich inhalierte ganz leise den Duft ihre Aufgeregtheit und ihres Ausgeliefert-Seins. Ganz leicht führte ich die Hand über ihre Beine – ohne sie zu berühren.

Eine plötzliche, unbändige Lust durchfuhr meinen Körper. Doch halt, meine Fantasie ging schon wieder mit mir durch. Ich war nur froh, dass Jacqueline ihre Augen verbunden hatte und mich nicht beobachten konnte. Plötzlich sagte sie leise: „Und jetzt …?" Ich erwachte wie aus einem Traum.

„Ich werde nun versuchen, dir zu zeigen, wie wirkungsvoll Worte in der richtigen Stimmlage und mit der passenden Sprachmelodie sein können. Genieße es einfach und lass dich ganz fallen. Entspann dich und gib dich ganz dem Gehörten hin."

Eigentlich wollte ich ein ganz anderes Beispiel mit Jacqueline durchführen, entschloss mich aber in diesem Moment zu einem ganz neuen Experiment. Ich legte mich längs neben ihr aufs Bett, sodass ich ihrem Kopf sehr nahe war, und sprach in angenehmen Ton, ja, ich flüsterte schon beinahe:

„Jacqueline, ich betrachte dich nun und beschreibe, was meine Augen und mein Gefühl erblicken. Es werden Worte sein, die du schon sehr lange nicht mehr gehört hast. Ich möchte damit auch dein Selbstvertrauen stärken, indem ich dich nun so beschreibe, wie ich dich momentan sehe, ja, wie ich dich momentan spüre und empfinde." Jacqueline war ganz ruhig und rührte sich nicht. Ihre Lippen trockneten etwas aus und sie fuhr mit der Zunge leicht darüber, um sie etwas anzufeuchten. Ich merkte, wie sie zwei-, dreimal schluckte. Anscheinend war auch sie ganz nervös. Was würde nun auf sie zukommen? „Jacqueline, du bist eine wunderschöne Frau. Ich streife nicht nur mit meinen Blicken über deinen Körper, nein, auch meine Hand streicht, ohne dich zu berühren, über deinen Kopf. Du hast wunderschöne Augen, dein Haar duftet sehr gut, ich würde am liebsten durch deinen Wuschelkopf streichen, deinen Wangen entlang, über deine Lippen und nun über deinen Hals zu den Schultern. Du hast reizvolle, kleine Brüste, ich kann durch die Bluse erkennen, dass du doch etwas erregt bist. Die Brustwarzen stehen leicht auf, nein, eigentlich doch stärker. Meine Hand würde am liebsten über deine Brüste streifen, aber ich berühre sie nicht. Ich halte sie nur einige Zentimeter über deinen Brüsten und ich fühle deine Begierde."

Ich hauchte ihr die letzten Worte leise in ihren Nacken und spürte, wie ein Schauer ihren Körper durchzog. Sie befeuchtete wieder mit der Zunge ihre Lippen und schluckte einige Male, blieb aber wie verzaubert in ihrer Position. Sie wagte kaum zu atmen.

„Meine Hand streicht nun über deine Brust, ich umkreise deine Brustwarzen, die voll erregt abstehen. Eine sanfte Berührung der linken Brust, eine leicht flüchtige über die rechte, nun arbeite ich mich weiter, über deinen Bauch, seitlich entlang deiner Hüften. Du hast wunderhübsche Beine, die du noch viel selbstbewusster in Szene setzen kannst."

„Meine Finger streichen leicht über die Strümpfe entlang deiner Beine. Dieses prickelnde Gefühl, diese angenehme und aufreizende Berührung deiner Beine machen mich ganz verrückt. Du hast hübsche Zehen, ich streichle entlang deiner Füße, entlang der Waden und spüre deine Schenkel. Je höher ich nun heraufstreichle, umso mehr Wärme strömt mir entgegen. Ich spüre, dass du richtig heiß geworden bist. Ich fühle seitlich deinen knackigen Po, am liebsten möchte ich dich packen, umdrehen und dein aufreizendes Hinterteil liebkosen.

Wie gerne würde ich dich zwischen deinen Schenkeln berühren. Wie gerne würde ich ganz leicht in dein Lustzentrum eindringen, nur um deine Feuchtigkeit zu spüren, um dir einfach ein lautes, lustvolles Stöhnen zu entlocken. Ich rieche dein Verlangen, dein Verlangen, das laut hinausschreit: Berühr mich, streichle mich, hör nicht auf ..."

Plötzlich fuhr Jacqueline mit einem Ruck hoch, nahm das Seidentuch von den Augen und sah mich mit großen Augen an. Ich sah, dass ihr der Schweiß auf der Stirn stand. Sie konnte kaum ein Wort sagen, sondern blickte mich einfach nur an. Auch ich setzte mich nun auf und sah sie liebevoll mit einem Lächeln an. „Merkst du nun, was Worte alles bewirken können? Vielen ist die Macht der Sprache gar nicht bewusst."

Ich stand auf und klopfte ihr dabei freundschaftlich auf die Schulter. Laut lachte ich auf und beruhigte sie: „Keine Angst, ich wollte dir nur zeigen, dass mit dem Schärfen der Sinne, mit dem Zunehmen des Sinns für Ästhetik auch das Spüren der Erotik viel intensiver erfolgt. Die schönste Liebe, die intensivste Erotik, den erfüllendsten Sex erlebt man nur, wenn die Sinne für die Ästhetik entsprechend geschärft sind. Erst dann kannst du die wahren Gefühle auch wirklich genießen. Ästhetik in der Sprache bewirkt unglaubliche Erlebnisse und Gefühle. Hast du gelernt, richtig zu sprechen und auch richtig zuzuhören, so rückst du in der Gesellschaft, im Beruf und in der Partnerschaft in den Mittelpunkt. Besonders in der Erotik sind das richtige Sprechen und das richtige Hören ein wichtiger Schritt zur Erfüllung. Ich glaube, für heute haben wir genug erlebt. Lass das heute Gelernte auf dich einwirken und genieße den Abend. Du hast morgen Zeit, noch ein paar Übungen zu machen. Ich werde dich dann in den nächsten Tagen wieder besuchen und wir beginnen mit dem Schärfen des zweiten Sinnes. Ciao, meine Liebe."

Ich winkte ihr mit einem verschmitzten Lächeln zu und verließ ihre Suite.

Kapitel 7
Der 2. Sinn – Sieh, es ist angerichtet!

„Der zweite unserer Sinne, das Sehen, ist ein wichtiger, nicht zu unterschätzender Bereich. Du musst lernen, nicht nur durchs Leben zu ‚blicken', nein, du musst mit offenen Augen durchs Leben gehen. Achte auf Kleinigkeiten, auf Besonderheiten! Beobachte die Menschen genau und sieh auch bewusst hin, was wer macht und tut. Mit etwas Übung kannst du sehr viele Eigenschaften der Menschen relativ rasch erkennen.

Wer meint es ehrlich mit dir, wer belügt dich? Ja, du kannst bereits von Weitem erkennen, ob jemand Probleme hat, traurig oder glücklich ist, ob jemand verliebt ist. Achte auch immer auf kleine Seitenblicke, auf kleine Gesten oder eine bestimmte Mimik deines Gegenübers. Besonders diese Kleinigkeiten verraten die Gedanken des anderen.

Du kannst auch sehr gut erkennen, ob jemand sich erotisch und sexuell von jemandem angezogen fühlt, oder ob es bereits zwischen zwei Personen gefunkt hat. Oder wer dich erotisch anziehend findet.

Also, schärfe deinen Sehsinn, achte bewusst auf alles, was du siehst. Aber achte auch wieder auf den Gegensinn – achte darauf, was andere an dir erkennen oder sehen können. Machen wir einen Ausflug in die Ästhetik der Nahrungsmittel. Isst der Mensch nicht auch mit den Augen? Eine hübsch zubereitete oder gar raffiniert dargebotene Speise regt uns doch wesentlich mehr an als eine einfach auf den Teller geklatschte Tiefkühlpampe. Ein kleines frisches Pflänzchen oder Blättchen am Tellerrand geben dem Gesamten erst den richtigen Kick, dadurch wird ein Menü erst zu einem Kunstwerk. Bevor wir auch nur davon gekostet haben, wird unsere Speise schon vorher aufgrund der optischen Darbietung in eine entsprechend gute oder schlecht schmeckende Kategorie eingereiht.

Übertrage nun diese Erkenntnis auf dich als Frau. Wird nicht eine Frau, die es versteht, sich richtig zu präsentieren, als viel attraktiver, viel hübscher, ja, viel erotischer empfunden als jemand, der sich gehen lässt? Nicht dass die angebliche äußerliche Schönheit einer Frau auch gleich Ästhetik bedeutet, nein, es zählt das gepflegte und geliebte Gesamtbild. Die gesamte Ausstrahlung einer Person. Egal ob Mann oder Frau. Aber die Pflege, die Sorge um die eigene Darbietung wird meist nur noch bei besonderen Anlässen oder bei wichtigen Geschäftsterminen wahrgenommen. Um ja attraktiv zu wirken, nur um damit seine Ziele zu erreichen. Na, grundsätzlich ist diese Taktik nicht so verkehrt. Aber eine Frau wirkt nur dann besonders einladend und gewinnbringend, wenn sie diese eigene Pflege auch wirklich lebt. Wenn sie mit Liebe ihren Körper und ihre Optik entsprechend gestaltet. Genauso wie ein Koch sein Meisterwerk mit viel Mühe und Liebe zubereitet, genauso soll auch eine Frau sich selbst stets für ein schönes Leben, für einen schönen Tag oder auch für einen Mann zubereiten."

Gespannt lag Jacqueline auf dem Bett und folgte meinen Worten. Sie war nicht besonders hübsch gekleidet, eher mittelmäßig leger, ich würde sogar sagen, etwas unvorteilhaft. Sie lag seitlich auf dem Bett, stützte ihren Kopf auf ihre Hand. Dabei konnte ich unter ihren Kleidern eine wohlgeformte Figur erkennen. Enge Taille, passende Hüften und recht wohlgeformte Beine ...

Ich zuckte etwas zusammen und musste mich mit Gewalt von meinen Gedanken losreißen. Jacqueline dürfte meine Gedanken erraten haben und lächelte entzückt zurück. Ich spürte, dass mir doch etwas an Farbe ins Gesicht schoss. Also ging ich ein paar Schritte durchs Zimmer, blickte beim Fenster hinaus – tja, so konnte ich mein Gesicht von ihr abwenden und gewann kostbare Zeit durch mein Schweigen, das wie ein Nachdenken aussehen sollte.

„Du meinst, ich solle mich künftig als dekorierte Ravioli auf einem Teller der Gesellschaft präsentieren? Und wenn mich der falsche Gast vernascht? Schade um die guten Ravioli?" Ich drehte mich verdutzt um und wir beide mussten laut loslachen. „Nun, so verkehrt hast du das nicht verstanden. Vielleicht sollten wir es nicht so ausdrücken. Aber vom Grunde her ist dies schon richtig. Ich möchte nur auf ein einladendes Erscheinungsbild hinweisen. Es spielt dabei auch keine Rolle, ob eine Frau die Optimalmaße hat (wobei sich die Frage stellt, was sind überhaupt Optimalmaße?), egal, ob sie dünn, schlank, stärker gebaut, unter Umständen auch dicklich ist, ob sie groß oder klein ist. Dies spielt keine große Rolle. Die Ästhetik liegt für das Auge einerseits im groben Gesamtbild, aber natürlich auch im Detail. Worauf blicken Männer als Erstes, wenn sie eine Frau sehen?" „Nun, auf die Brüste oder den Hintern?" „Statistisch gesehen auf die Brüste. Wobei ich grundsätzlich nichts von Statistiken halte. Es kann nicht alles im Leben in vertikale und horizontale Skalen gezwängt werden. Eine Statistik dient meist nur dazu, seine Meinung durchzusetzen, zu untermauern, wenn ich verbal keine anderen Überzeugungsargumente mehr habe.

Worauf jemand bei einer Frau als Erstes blickt, ist situationsabhängig. Ich erzählte dir von einer lieben Bekannten, die stets durch ihre Stimme, durch ihr Gesagtes sehr angenehm auffällt. Hier blickt jeder zuerst in Richtung Gesicht, Richtung Mund – um die Quelle der angenehmen Worte zu entdecken. Anders ist die Situation bei einem Geruch, der dich ganz und gar vereinnahmt. Werde ich durch einen Geruch sehr angesprochen, so erkundige ich mich mit der Nase atmend nach dem Gesamtkorpus. Ich gehe hier auf ein Gesamtbildnis ein. Am Strand, im Bad oder dort, wo eine Frau im Bikini zu sehen ist, blickt jeder Mann erst auf die Beine und von dort entweder auf den Hintern oder auf die Brüste. In Sommermonaten, wenn Frauen offene Schuhe, Sandalen oder Ähnliches tragen und sonst entsprechend gekleidet sind, huscht der erste Blick meist auf die Zehen. Also wie du siehst, eine Hauptzone der Frau gibt es nicht."

Ich blickte zu Jacqueline, die bei meinen Worten nun auf ihre Zehen starrte. „Ja, du hast schöne Füße und schöne Zehen. Es gibt leider eine Unmenge an Frauen, die ihre Füße vernachlässigen. Die Beine einer Frau sind eine starke Waffe, aber die Pflege der

Beine sollte nicht beim Knöchel aufhören. Denn ein hübscher Fuß und gepflegte, schöne Zehen sind der Gipfel der Ästhetik. Es gibt für mich nichts Abstoßenderes als gelbe Hornhaut an den Füßen, Flecken und Krüppelzehen. Vernachlässigte, von Stöckelschuhen gequälte Füßchen, die eigentlich nur mehr den Zweck des Gehens haben und in die verschiedensten Schuhmarterinstrumente hineinpassen sollen. Drücke es, brenne es, quetsche es, wie es wolle. Ein Stöckelschuh macht ein sehr schönes Bein. Dadurch wird die Wade schön gestrafft – ein Bein wirkt mit hohem Schuh besonders reizvoll. Meist schmilzt der Reiz aber dahin, wenn die Dame die ersten Schritte macht. Hier kann man viele Ähnlichkeiten zu sämtlichen Tierarten erkennen. Das heißt, auch das Gehen mit hohen Schuhen muss man lernen. Außerdem ist es nicht notwendig, immer mit hohen Schuhen herumzulaufen, es können niedrige, flache Schuhe oder Sandalen sein, selbst barfuß gehen kann genauso ästhetisch wirken. Beine, Füße und Schuhe müssen ein harmonisches Ganzes ergeben." „Wie sind meine Beine und meine Füße, also nun ganz ehrlich?", sprudelte es aus Jacqueline heraus.

„Na, sehen wir uns diese mal an." Ich ging zu ihr ans Bett und setzte mich wieder an den Bettrand nieder. Ihre Beine waren immer noch seitlich leicht angewinkelt. Sie schob ihren Rock leicht bis übers Knie hoch, aus ihren Schuhen war sie ja schon lange geschlüpft, und lehnte nun mit hautfarbigen Strümpfen am Bett. Verdammt noch mal, wieder überkommt mich ein eigenartiges Kribbeln. Ich bin von ihren Füßen total entzückt, ja, hingerissen. Am liebsten würde ich sie in die Hand nehmen und von den Zehen abwärts liebkosen. Den angenehmen Duft, der mir entgegenströmt, einsaugen und mit meiner Zunge verspielt die Waden und Schenkel entlang spielen. Ich würde sie am liebsten total verrückt nach mir machen. Aber …

Reiß dich zusammen, dachte ich mir. Reiß dich bloß zusammen! Ich nahm ein Bein in meine Hände und hob es etwas in die Höhe, um es mir genauer anzusehen. So eine Ausrede! Ich wollte den Fuß doch nur näher an mein Gesicht bringen, wollte sie nur noch intensiver einatmen. Welch ein Prickeln lag doch in der Luft! Sie hatte Strümpfe an, die sich wie Seide anfassten. Ich strich ihr etwas über den Fuß, streifte über ihre Zehen. Ja, sie hatte wirklich schöne Zehen. Nicht gekrüppelt, gepflegte Fußnägel und gut duftend.

Als ich mit meinem prüfenden Blick fertig war, legte ich ihren Fuß auf meine Schulter und konnte so das Bein genauer unter die Lupe nehmen. Ich strich mit meiner Hand entlang der Wade – sie hatte keine starken Waden, eher ein schlankes Bein. Aber dieses in Strümpfen gewickelte Bein machte mich verrückt. Ich strich ihr unter der Kniekehle entlang. Das Bein war ausgestreckt und ich spürte einerseits eine angenehm zarte Haut, andererseits etwas gestärkte Sehnen und Muskeln. Der Ansatz zu wohl einladenden Schenkeln.

Mir fiel in diesem Moment auf, dass ich eine Stelle gefunden hatte, an die ich noch nie in meinem Leben gedacht hatte, aber die eigentlich mit Ästhetik und Erotik nur so vollgeladen war – die Kniekehle bei ausgestrecktem Bein. Nun wurde mir doch etwas zu heiß. Auch Jacqueline wurde schon leicht schwindelig und sie konnte die Situation nicht so ganz einschätzen. Ich bemerkte, dass ich immer noch an ihren Beinen entlang strich, ja, sie streichelte. Es fühlte sich einfach irrsinnig anregend an, ich hätte stundenlang weiterstreicheln können. Ich legte ihr Bein wieder vorsichtig aufs Bett, stand auf und setzte wieder meinen nachdenklichen Blick auf, während ich aus dem mich vor Peinlichkeit rettenden Fenster sah.

„Jacqueline, soviel ich ‚sehen' konnte, hast du wunderschöne Beine. Gepflegt, gut geformt und sehr aufreizend. Und doch könnten wir mit ein paar Kleinigkeiten die Blicke der Menschen" – (ich dachte absichtlich nicht nur an die Blicke der Männer) – „so richtig auf deine Beine und Zehen lenken. Beginnen wir mit der Pediküre – keine störende und abstoßende Hornhaut, das ist wichtig! Es gibt heute sehr viele Möglichkeiten, die Hornhaut wegzubekommen. Es muss sich nur jeder ein paar Minuten Zeit dafür nehmen. Daher sage ich immer wieder, fange an, deinen Körper zu lieben. Du musst auf deinen Körper achten und ihn

verwöhnen – er wird es dir tausendfach danken. Wir werden die Zehennägel etwas stylen und dann etwas Farbe drauf. Farbe zieht an, Farbe strahlt Leben aus und Farbe bedeutet Erotik!" (Obwohl auch Zehennägel im French Style Look äußerst sexy und erotisch wirken!)
Wir fuhren in einen nahe liegenden Woman-Styling-Salon und ließen ihre Finger- und Zehennägel so richtig aufpeppen. Ich beneidete die Dame, die ihre Hände und ihre Zehen stylte. Sie konnte einerseits Jacquelines Hand lange in den eigenen Händen halten (und vielleicht sogar leicht streicheln) und außerdem ihren Beinen und Füßen so nahe sein. Ich glaube, dies wäre kein Job für mich. Ich hätte damit zu tun, meine innerlichen Dauerorgasmen zu unterdrücken und nicht über die eine oder andere Kundin lustüberströmt herzufallen. Na, vielleicht wäre das doch eine nette Geschäftsidee ...
Ich musste kurz aus dem Geschäft gehen, um eine Zigarette ... aber halt, ich rauchte doch gar nicht! Na ja, dann um etwas frische Luft zu schnappen. Es war mir im Beautysalon ohnehin schon viel zu heiß geworden ... Nach einiger Zeit war Jacqueline fertig gestylt oder sagen wir besser, ihre Hände und Beine waren bereit für die breite Öffentlichkeit. Wow ... Mein Blick wanderte erst auf ihre Hände, dann abwärts. Ihre wohlgeformten Beine wurden nun noch als Spitze der Erotik mit hübschen, dunkelrot gefärbten Zehennägeln, die aus offenen Pumps herausblickten, geziert. Wenn nun die Männer nicht schwach würden, wenn ich schon als Frau ganz verrückt danach wurde ...
Jacqueline strahlte, ich denke, sie spürte mein Verlangen. Sie fühlte sich jetzt als ein ganz anderer Mensch – mit neuen Händen und Beinen! „Ja, Jacqueline, auch die Hände sind sehr, sehr wichtig für den ersten und auch den zweiten Eindruck. Gepflegte Hände zeugen von Liebe zum Körper, zeugen von Erotik. Es ist schlimm, wie viele Frauen sich nicht um die Pflege ihrer Hände kümmern. Beginnen doch viele Kontakte, viele Körperberührungen als Erstes mit den Händen. Man gibt sich die Hände zur Begrüßung und zum Abschied, galante Männer küssen die Hand der Frau (wobei sie eigentlich die Hand bei einem Hand-

kuss gar nicht richtig berühren, sondern nur flüchtig anhauchen sollen). Und während eines Dates sieht Mann doch immer wieder deine Hände, wie sie das Glas mit Wein oder Prosecco umschließen, wie sie nach der Handtasche greifen oder wie sie ein Zettelchen mit der Telefonnummer zu sich schieben. Also achte stets auf deine Hände!"
Am Gesamtbild störte mich nur noch ihre altmodische, etwas an ein Hausmütterchen erinnernde Kleidung. Kein Pepp, kein textiler Spaß, das musste sich auch ändern! „Wir haben mit dem Beautytag nun schon begonnen, dann wollen wir doch gleich mal weitermachen. Ich kenne in der Nähe eine nette italienische Boutique, dort suchen wir auch gleich mal ein neues Outfit."
Die Türklingel klirrte laut beim Öffnen der Tür zur Boutique, herein trat ein Hausmütterchen mit hübschen Beinen und nach zwei Stunden, einigen Gläschen Prosecco, vielen Übungseinheiten in der Umkleidekabine verließ das Geschäft eine nicht wiederzuerkennende Frau mit Stil und einem Hauch Erotik. Kleider machen Leute. Dieses Sprichwort wird nun wieder bewahrheitet von dem „vorläufigen Endprodukt" unseres Beautytages. Diese Damenboutique muss ich mir merken – hier fühlst du dich wie mitten in Venedig, sehr geschmackvoll eingerichtet – sogar mit einem Brunnen – und urgemütlich (… und natürlich tolle Mode und noch geilere Schuhe!).

Wir konnten nicht genug bekommen vom Stylen, ja, wir waren regelrecht süchtig, aus Jacqueline eine richtig fetzige Lady zu machen. Es folgten noch der Friseur, die Visagistin und eine Unmenge an Kaffees, Proseccos und frischen Fruchtsäften. Voilà, die Ravioli waren angerichtet!

Am folgenden Tag gab es tatsächlich ästhetische Ravioli!

Rezept: Ravioli mit Eierschwammerl und Gartenkräutern

Für die Ravioli/Nudeln:
260 g Hartweizengrieß
2 Eier, etwas Wasser, etwas Salz.

Für die Füllung:
100 g Eierschwammerl,
½ Stange Lauch, etwas Olivenöl,
125 g Ricotta, etwas Parmesan,
1 Knoblauchzehe, Salz, Pfeffer,
etwas Butter und Salbeiblätter.

Aus den Zutaten für die Ravioli einen festen, glatten Teig kneten und in eine Frischhaltefolie einwickeln. Im Kühlschrank ca. 1 Stunde ruhen lassen.
Lauch, Knoblauchzehe und Schwammerl klein hacken, Öl erhitzen und alles weich dünsten. Etwas nachgaren lassen, salzen, pfeffern.
Den Teig auf einer Arbeitsfläche vierteln und danach ganz dünn ausrollen.
Den Ricotta in die Füllungsmasse einrühren. Danach werden von dieser Masse teelöffelgroße Häufchen auf die eine Hälfte des ausgerollten Teigs gesetzt. Danach wird die zweite Hälfte über diese Häufchen geklappt. Ravioli ausstechen und anschließend in sprudelndem Salzwasser kochen und danach abseihen.
Danach Butter in einer Pfanne zergehen lassen und darin die Salbeiblätter etwas frittieren. Nun die Ravioli darin schwenken und mit frischem Parmesan und Pfeffer bestreuen.
Fertig!

Kapitel 8
Der 3. Sinn – Duft der Erotik

Ich klopfte wieder an Jacquelines Schlosssuite und war schon sichtlich aufgeregt. Wir widmeten uns in den kommenden Tagen dem Sinn der Nase. Gerüche und Düfte nehmen immensen Einfluss auf unsere Psyche.

Sie öffnete die Tür und trat vor mich. „Einen wundervollen guten Morgen", strahlte sie mir entgegen. Mir blieb im ersten Moment die Luft weg. Wie sehr hatte sich diese Frau nun schon verändert. Diese armselige, unsichere Chaotin aus dem Café und nun ...

Jacqueline hatte plötzlich Frische und Farbe im Gesicht. Der Lebensgeist strahlte nur so aus ihren Augen und sie wirkte total verändert. Bei ihrem Anblick dachte ich mir: Diese Frau hat Chic! Sie stand vor mir, ohne Schuhe, barfuß in dunklen Strümpfen und kurzem Rock, mit einer weißen, weiten Bluse mit blickanziehendem Ausschnitt. Um den Hals hatte sie hübsch ein kleines Seidentüchlein gebunden – war das etwa „unser" Seidentüchlein? Ich musste sie noch immer verblüfft angestarrt haben, als sie mir um den Hals fiel und seitlich einen Kuss auf die Wange drückte.

„Hallo Claudia, ich fühle mich wie neu geboren! Sieh, was du schon aus mir gemacht hast. Ich bin gespannt, was wir weiter vorhaben, komm doch rein ..." Ich trat ein paar Schritte in ihre Suite. Hatte sie nun oder hatte sie nicht – mich auf die Wange geküsst? Damit brachte sie mich beinahe aus der Fassung. Mit so viel Herzlichkeit hatte ich nicht gerechnet (aber mir dies doch insgeheim schon öfters gewünscht).

„Also ...", ich versuchte, meine Stimme wieder zu erlangen. „Wir kommen nun zum Geruchssinn. Wir tauchen ein in die Sinne der Düfte. Unser Geruchssinn ist durch unsere Umwelt leider schon so abgestumpft, dass kaum jemand noch einen ausgeprägten Geruchssinn besitzt. Also müssen wir ihn wieder etwas aktivieren.

Da wir uns ja auch etwas Entspannung verdient haben, schlage ich vor, wir beginnen unseren Unterricht in der nahe gelegenen Therme. Eine Therme des Lichts, wie sie genannt wird. Dort gönnen wir uns ein paar Stunden in der Sauna. Es gibt da verschiedene Bereiche mit Aromadüften, damit versuchen wir mal, unsere strapazierten Geruchsnerven zu verwöhnen und zu sensibilisieren. Um sieben vor dem Schloss?" „Oh super, ja, da freue ich mich. Ich bin schon ganz aufgeregt, also um sieben vor dem Schloss!" ... und wie aufgeregt ich schon war!
Punkt sieben holte ich sie ab und wir fuhren einige Minuten bis zur Therme. Dort kauften wir zwei Karten für den Relax-Bereich und begannen, unseren Geruchssinn zu schärfen.
Jacqueline bat mich in der Umkleide, ihren BH zu öffnen. Wo hatte diese Frau plötzlich nur ihre Selbstsicherheit her? Nur allzu gerne erfüllte ich ihr diesen Wunsch. Ich ließ mir absichtlich viel Zeit dabei und versuchte, so viel Haut wie nur möglich zu ertasten. Wie angenehm sich diese flüchtige Berührung ihrer Haut doch anfühlte! Gleichzeitig konnte ich auch ihre beinahe nackte Gestalt betrachten. Für ihr Alter war sie eigentlich gut und sexy in Form. Ein rundlich knackiger Po, ach, ich würde nur allzu gerne mal darüberstreichen. Eine enge Taille und ihre wundervollen Beine. Im selben Moment stieg mir auch ein anregender und interessanter Duft in die Nase. Verdammt noch mal, was benützte sie denn nur für ein Parfum? Ich bildete mir ein, noch nie so einen guten und in Ekstase führenden Duft gerochen zu haben. Doch der Augenblick verhuschte viel zu schnell. Schon hatte Jacqueline sich in ihren Bademantel gewickelt und zog nun, fernab von meinen Blicken, ihr Höschen aus. Auch ich war bereit für die Sauna und hatte mich schon entkleidet. Ich hoffte nur, dass dieser Saunabesuch nicht allzu heiß für mich würde.
Mit zwei Handtüchern bewaffnet suchten wir uns im Ruhebereich zwei Liegen und beschlossen, vorerst mal ein paar Minuten zu ruhen und uns an die Stille und die angenehme Wärme zu gewöhnen. Innerlich war ich sehr aufgeregt und aufgewühlt. Warum zog mich diese Frau so in ihren Bann? Ich wollte un-

bedingt mehr von ihr erfahren, mehr von ihrem Körper erhaschen, mehr von ihr fühlen ... Nach endlosen Minuten des Dahindösens weckte ich Jacqueline, damit wir uns endlich in den angenehmen Aroma- und Duftsaunen verwöhnen ließen. Wir gingen zur Dusche, zogen die Bademäntel aus und hängten die Handtücher vor die Duschen.

Mein Blick huschte kurz über ihren Körper, als wir uns unter die Brausen stellten. Ein reizvoller Körper, mit hübschen, kleinen Brüsten, ihr Körper war straff, kein Bauch, einladende Hüften, hübsche Beine, und natürlich war ich neugierig auf ihren Schambereich. Dunkle, gerade anliegende Haare, nicht zu viele, aber doch schön geformt zierten ihren Intimbereich. Sie drehte sich unter der Dusche um und seifte sich ein. Was für ein schönes Hinterteil! Wie soll ich das nur beschreiben, zwei wundervoll geformte Pobacken, kraftvoll und nichts von Cellulitis oder Streifen. Ich bewunderte ihren Körper, noch nie war mir aufgefallen, wie makellos er zu sein schien.

Natürlich brauchte ich mich mit meinem Körper auch nicht verstecken, für mein Alter bin ich supergut beieinander. Da könnten sich so manche Jungspunds ein Beispiel nehmen. Ich vernachlässigte ihn auch nicht und hegte und pflegte ihn. Für meine schöne und straffe Haut gab es einen ganz einfachen Grund – regelmäßige Ölbäder und etwas Gymnastik. So ein Blödsinn, dass die Haut durch häufiges Baden schneller austrocknen soll. Ich praktizierte nun schon seit zig Jahren meine Bäder mit den verschiedensten Duft- und Kräuterölen – und schaut mich nur an! War ich schon ausgetrocknet? Dann müsste ich längst als verstaubte Mumie rumlaufen. Also – ein guter Tipp: Ölbäder!

Ich blickte wieder zu Jacqueline. Der Schaum der Duschlotion suchte sich seinen Weg über ihre Hände, die sie in die Höhe hielt. Ihre Achseln waren sauber rasiert, der Schaum rann quer über ihren Rücken, über ihr hübsches Hinterteil, über die Schenkel bis zum Boden. Ich bemerkte, dass auch Jacqueline mich plötzlich musterte, während ich mit der Duschlotion den Körper einrieb. Ich ließ mir nun absichtlich etwas Zeit und streichelte den Schaum etwas zu verführerisch über meinen Körper. Es lag wieder ein Knistern in der Luft. Unsere Blicke trafen sich ... Doch leider kam in diesem Moment ein Mann, ein kleines Dynamitfässchen, in die Dusche, also: klein, dicker Bauch, kurze Zündschnur (und Glatze) ... Ich musste bei diesem Gedanken schmunzeln.

Wir öffneten die Türe zu einer Aroma-Sauna und legten uns auf unsere Handtücher, Kopf an Kopf auf der wohlig vorgewärmten Steinbank. „Nun gib dich ganz den angenehmen Düften hin, die nun unterschiedlich in der Sauna verdampft werden. Atme tief, aber langsam. Genieße die Düfte und spüre, wie sie dich und deinen Körper stärken."

Wir lagen lange am Rücken und konzentrierten uns ganz auf die Düfte: zuerst ein Veilchenduft, es folgten Rose, dann Eukalyptus, Lavendel, danach verschiedene Zitrusdüfte. Wir atmeten ganz ruhig, aber intensiv. Wir genossen diese anregenden Düfte und stellten uns die schönsten Dinge vor: Wir lagen in einem Lavendelfeld im sonnigen Süden oder spazierten durch wunderschöne Orangenhaine.

Wir mochten wohl gut eine halbe bis dreiviertel Stunde in dieser Duft-Sauna gelegen haben. Es folgte eine kurze, kalte Dusche. Danach besuchten wir die Dampf-Sauna (auch hier wurden verschiedene Düfte mitverdampft) und zum Abschluss noch die Aromagrotte. Unser Geruchssinn wurde bei diesem Ausflug besonders angenehm verwöhnt. Wir ließen den Abend in der Therme noch gemütlich ausklingen. Diese stetige Wärme machte uns beide doch recht bald müde.

„Morgen sehen wir uns nach dem Frühstück, da habe ich einige interessante Übungen für unsere Nasen vorbereitet. Lass dich überraschen. Vergiss auch nicht, auf den Gegensinn des Geruchs – auf deinen Eigengeruch nach außen – zu achten. Pflege deinen Körper, achte darauf, keinen Mundgeruch oder Achselschweiß-Geruch zu verbreiten. Vermeide unangenehme Gerüche nach Schnitzelfett, Zwiebeln oder Ähnlichem. Nütze für dich die breite Vielfalt der Parfüms. Nütze für dich die betörenden, angenehmen und aufregenden Düfte. Teste aus, welches Parfüm auf deiner Haut für dich am angenehmsten und wohltuendsten riecht – dafür entscheide dich dann!"

Am nächsten Morgen klopfte ich Punkt neun Uhr wieder an die Tür von Jacqueline. Sie öffnete voller Elan. Ich spürte sofort, dass sie nun Lunte gerochen hatte. Sie hatte auch die letzten Tage und Wochen genützt, um ihren Körper wieder auf Vordermann zu bringen, Zeit war ja genügend vorhanden. Wir drückten uns wieder einen Kuss auf die Wange, diesmal ergriff ich die Initiative. Jacqueline hatte irrsinnig schöne Lippen. Sie waren schmal, schön geformt, so richtig einladend zum Küssen. Sie wirkten auch ganz weich, obwohl ich keine Lippenpflege oder Lippenstift erkennen konnte. Küssen ist ohnehin ohne Lip Gloss oder ähnliche Schmiermittel viel angenehmer.

In ihrer Suite gab es ein riesiges Badezimmer, in dem sie nun stundenlang sämtliche körperpflegenden und körperverwöhnenden Zeremonien vornehmen konnte. Sie hatte auch Zeit, auf ihre Ernährung zu achten. Zum Frühstück gab es frisches Obst und Gemüse. Mittags wurden mit vielen frischen Nahrungsmitteln kleine Kunstwerke gezaubert und abends konnte man sich dann schon mal ein Gläschen guten Rotwein gönnen.

Zwischendurch Spaziergänge hinaus in die Natur, manchmal etwas Joggen, viel frische Luft – das alles zeigte schon seine Wirkung. (Ein kleiner Tipp: Langes Gehen, Joggen, viele Stiegen rauf- und runtersteigen stärken den Po, ja, es macht richtig knackige Pobacken – achtet auf euren Po! Ein sexy Po macht selbstbewusst!)

Wir fuhren wieder ins nahe gelegene Einkaufszentrum – eine Ansammlung von Filialketten unterschiedlichster Branchen. Die großen Firmenketten hatten ohnehin fast alle kleinen, interessanten und liebevoll aufgebauten Privatgeschäfte verdrängt. Aber für unseren Zweck tat es dieses grässliche Einkaufszentrum auch. Damit Jacqueline nicht mit unserem Seidentüchlein vor den Augen rumlaufen musste, hatte ich ihr eine Sonnenbrille organisiert.

„Wir machen nun Folgendes: Du gehst mit mir mit geschlossenen Augen durch die einzelnen Geschäfte, die Sonnenbrille verrät niemandem, dass du die Augen geschlossen hältst. Du hängst dich am besten bei mir ein und dann musst du allein vom Geruch her erkennen, um welches Geschäft es sich handelt." O. k., los ging es! Die Parfümerie war noch leicht, auch der

Schuhladen und ein Textilshop waren eindeutig zu erkennen. Jacqueline war erstaunt, wie gut man die einzelnen Geschäfte nur am Geruch erkennen konnte. Das Elektrogeschäft war schon schwieriger, dann ein Möbelhaus – kein Problem, ein kleines Ledergeschäft, ein Lebensmittelgeschäft. Am schwierigsten war es dann im Erotikladen. Hier musste ich doch etwas nachhelfen. Mein Blick schweifte umher, die vielen „Erotikgeräte" waren meist alles andere als erotisch. Aber ein paar kleine Utensilien konnte ich mir für uns beide schon vorstellen. Meine Fantasie ging wieder mit mir durch. Ich spürte, wie mir erneut die Hitze hochstieg, und ich spürte auch zwischen meinen Beinen ein lüsternes Kribbeln. Huch, schnell raus aus dem Laden!

Also diese kleine Einführung in die Welt der Gerüche war wirklich kein Problem gewesen. Wie gut sich ihr Geruchssinn schon entwickelt hatte! Solche und andere Übungen machten wir auch in den nächsten Tagen. Wir trafen uns gelegentlich zum Joggen und konnten auch in der Natur unseren Geruchssinn auf die Probe stellen. Hier gab es unzählige Beispiele. Nach dem Joggen kam ich dann plötzlich auf eine ganz verrückte Idee: „Heute bleiben wir in deiner Suite und verfeinern deinen Geruchssinn!" Somit blieb ich gleich bei Jacqueline. Wir duschten uns nicht, allzu sehr kamen wir ohnehin nicht ins Schwitzen, sondern vertrödelten mehr Zeit, um Gerüchen auf die Spur zu kommen. Somit blieb auch ein leicht und angenehm verschwitzter Geruch an unseren Körpern haften.

Ich nahm unser Seidentüchlein und verband ihr wieder die Augen. Ich legte ein kleines Kissen auf den Boden und bat sie, sich darauf zu setzen. „Nun werden wir mal sehen, wie gut dein Geruchssinn sich schon entwickelt hat. Sage mir sofort, wenn du etwas erschnüffeln kannst." Jacqueline war sichtlich aufgeregt. Ich noch viel mehr, wenn sie wüsste, was ich alles vorhatte ...

Zuerst war ich etwas weiter von ihr entfernt und schnitt eine Orange in der Hälfte durch. Sofort sprudelte es aus ihrem Mund: „Orange." „Sehr gut! Sehen wir weiter." Ich kam etwas näher und teilte eine Erdbeere. Ich hielt sie leicht vor ihr Gesicht und sofort schoss es heraus: „Erdbeere." Ich kaute nun vorsichtig, ohne dass sie es merkte, einen Kaufgummi, kam dann etwas näher an ihr Gesicht und blies ihr einen kleinen Hauch entgegen. „Ein angenehmer Pfefferminz-Atem und ein reizvoller Mund", sagte Jacqueline leise mit einem Schmunzeln. Ihre Lippen waren so einladend, mir so ausgeliefert! Ich konnte nicht anders – ich küsste sie auf ihren Mund. Ganz leicht, ein Mal, ein zweites Mal und noch ein letztes und drittes Mal. Ich spürte nach Zärtlichkeit verlangende Lippen. Jacqueline ließ es geschehen und hauchte mir sehnsüchtig entgegen. Wieder dieses Prickeln. Ich hob meine Hand und fuhr mit meiner Achsel etwas näher an ihr Gesicht, ohne dass sie dies natürlich bemerken konnte.

„Ich rieche einen angenehmen Duft, ein Gemisch aus einem leichten, erotischen Parfum, so eines, das du immer verwendest (ich errötete kurz), und einen angenehmen leichten Körpergeruch. Du riechst sehr gut, besonders wenn du leicht schwitzt." Auch ich konnte den Duft ihres Körpers inhalieren. Ich konnte ihre Aufregung riechen. Wieder lag ein Knistern in der Luft. Was kam wohl als Nächstes?

Ich zog meine Schuhe aus – natürlich hatte ich mir heute auch Strümpfe angezogen. Ich setzte mich neben Jacqueline auf den Boden und hielt meine Beine etwas in die Höhe, sodass sie den angenehmen Duft wahrnehmen musste. Ich sah, wie sie meinen Duft einsog, sie genoss es sichtlich, ja, ich würde sogar sagen, es erregte sie sogar. „Du hast einen Körperduft, der macht mich verrückt. Deine Beine müssen in Strümpfen stecken, überdeckt von leichtem Veilchengeruch … ziehe sie noch nicht zurück, dieser Duft, er betört mich."

Auch mir wurde nun schon ganz kribbelig. Ich spürte, wie ich immer tiefer atmen musste, ich fühlte ein unbändigendes Verlangen, mich auf sie zu stürzen, sie zu berühren, jeden Zentimeter ihres Körpers zu liebkosen, sie zu streicheln. Und ich wollte ihre Hände auf meinen Brüsten spüren. Nun ging ich aufs Ganze … Ich zog ganz vorsichtig meinen Rock aus. Wie erregt ich war, spürte ich erst jetzt. Zwischen meinen Beinen war es nicht nur ausgesprochen heiß, sondern auch schon extrem feucht. Ich konnte selbst meine Erregtheit riechen. Ich hatte nur Strümpfe, mit

54

meinen Strumpfhaltern befestigt, und ein weißes Höschen, das in der Mitte bereits einen größeren feuchten Fleck hatte. Ich stand auf und stellte mich mit meiner Scham vor ihr Gesicht. Am liebsten hätte ich ihren Kopf in meinen Schoß gepresst, so erregt war ich bereits.

Am Gesichtsausdruck von Jacqueline konnte ich erkennen, dass sie bereits meine Geilheit erschnüffelt hatte. Vielleicht dreißig Zentimeter trennten meinen Unterleib von ihrem Gesicht. Wie würde es sich anfühlen, wenn sie mich mit ihrer Zunge verführte, wenn sie mit ihren Händen meinen Körper, meine Brüste, meine Schenkel berührte? Verdammt noch mal, der nasse Fleck in meinem Höschen wurde immer größer – und Jacqueline dürfte das auch gerochen haben.

In den folgenden Monaten konnten wir uns gegenseitig erschnüffeln, wenn einer von uns erregt war. Von sexueller Geilheit gar nicht zu sprechen, das müssten doch schon sämtliche Leute, denen wir begegneten, gerochen haben. Wenn eine Frau Lust verspürt und erregt ist, strömt sie Duftstoffe aus, die von geschulten Nasen gut wahrgenommen werden. Ist das nicht in der Tierwelt genauso? Ja, ja, wenn wir Frauen Lust bekommen, dann werden auch wir zu Tieren ...

Unsere Übungen wurden immer aufregender. Einmal ließ ich Jacqueline wieder auf den Boden knien, band ihr aber ihre Hände am Rücken zusammen. Über ihre Augen war natürlich wieder unser Seidentüchlein gebunden. Kurz zuvor waren wir über ein Feld vor dem Schloss gelaufen, sodass ich nur leicht schwitzen musste – nicht unangenehm, gerade richtig für unser Spielchen.

Jacqueline hockte am Boden und ich zog mich vor ihr ganz langsam aus. Sie konnte nur erahnen, was ich machte, und mich machte diese Situation noch verrückter. Ich war so was von erregt, meine Brustwarzen standen steil weg. Ich streifte meine Strümpfe ab und schlüpfte aus meinem Höschen. Ich musste mein Höschen an meine Nase führen und roch meine eigene Geilheit. Das konnte ich meiner Schülerin doch nicht vorenthalten! Ich führte mein Höschen leicht und ganz langsam an ihrer Nase vorbei. Sie musste meinen Duft eingesogen haben, sie musste meine Erregtheit gerochen haben. Ich sah durch ihre Bluse, dass auch ihre Brustwarzen sich versteiften. Die kleinen Brüste hatten relativ große Brustwarzen und die standen mir nun entgegen.

Sie schrien förmlich nach mir: „Nimm uns in den Mund, liebkose uns, knabbere doch endlich an uns ..."

Doch nun warf ich mein Höschen in die Ecke, drehte mich um und reckte ihr mein Hinterteil entgegen. Wenn sie das nun nicht umhaute, was dann? Ich blickte über meine Schulter zu ihr, sie atmete immer schwerer, ich glaube, sie konnte sich kaum mehr im Zaum halten. Plötzlich sagte sie: „Also ich glaube, nun handelt es sich um ein Prachtstück von Hintern!" Sie hatte die leichte Fesselung ihrer Hände längst abgelegt und riss sich das Seidentüchlein von den Augen.

Sie packte mein Hinterteil mit beiden Händen und küsste mich. Erst die linke Backe, dann die rechte, dann spielte sie mit ihrer Zunge und fing an, meine Furche zwischen den Pobacken von oben langsam nach unten zu umspielen und zu lecken. Mein Gott, ich konnte mich kaum halten. Als sie mein Poloch erreichte und ihre Zunge leicht hineinsteckte, stöhnte ich laut auf und rief nur: „Mein Gott, mach weiter ..."

In diesem Moment klopfte es an der Tür. Ach herrje, wir hatten uns ja das Abendessen aufs Zimmer bestellt. Das würde der Service sein. Schnell zog ich mich an und richtete mich zurecht. Jacqueline fuhr sich auch ein paar Mal durchs Haar und öffnete dann die Türe. Zwei Bedienstete der Küche traten ein und deckten unseren Tisch in der Suite mit allerlei Köstlichkeiten, die wir bestellt hatten. Ich dachte mir dabei immer wieder, dass die beiden Angestellten unsere Lust und Erregtheit noch riechen müssten. Es lag so viel erotischer Sexduft in der Luft, dass es kaum zu überriechen war.

Ich bildete mir sogar ein, ein leichtes Grinsen bei einem der Männer gesehen zu haben. Aber schon waren die beiden verschwunden. Jacqueline und ich sahen uns an und brachen in ein wundervolles Gelächter aus. Wir setzten uns an den Tisch, öffneten sofort die Flasche Rotwein und genossen noch *unseren* Abend.

Kapitel 9
Der 4. Sinn – Ertaste und spüre die Lust

Auf dem Weg zur Schärfung der Sinne, zum Erreichen der höchsten Ästhetik waren wir schon an einem Punkt angekommen, wo es kein Zurück mehr gab. Jacqueline und ich waren emotional schon so weit zusammengewachsen, dass wir den restlichen Weg nun auch weiter gemeinsam gehen mussten – mit allen Konsequenzen.

„Jacqueline, wir haben nun den Gehör-, den Seh- und den Geruchssinn geschärft. Du hast dich während der letzten Wochen und Monate schon sehr verändert. Kaum mehr etwas zu erkennen von der Chaotin, die ich in diesem Café erstmals getroffen habe."

„Ja, Claudia, dafür danke ich dir sehr. Ich fühle mich bereits wie ein anderer Mensch. Ich liebe mich, meinen Körper, ich habe Energie, ich habe wieder die Lebenslust gefunden. Und dich …", sie trat auf mich zu und küsste mich. Ihre weichen Lippen auf den meinen waren ein Gefühl größten Glücks. Wir umarmten uns und küssten uns und schmiegten uns aneinander.

In der Zwischenzeit hatte ich sie auch gelehrt, richtig zu küssen. Nicht nur starr die Lippen geschlossen zu halten, auch nicht den Mund weit aufzureißen, sodass du glaubst, du würdest bald verschluckt. Nein, eine angenehme Mischung aus Aktivität und Passivität, aus Zärtlichkeit und Verrücktheit, aus Verspieltheit mit der Zunge bis zu zärtlichem Berühren der Lippen. Und ohne künstliche Schmiermittel!

Labello, Lip Gloss und Co. stören doch enorm beim Küssen. Jacqueline hatte, genauso wie ich, von Haus aus geschmeidige Lippen. Manchmal, wenn die Lippen ausgetrocknet waren, befeuchteten wir sie, leckten verführerisch mit der Zunge über sie, aber verwendeten so wenig wie möglich die künstlichen Weichmacher. Denn gewöhnen sich die Lippen erst mal daran, dann bist du süchtig nach diesen Schmierstiften, die Lippen trocknen ohne diese Hilfsmittel noch schneller aus, werden rascher rau und rissig.

Dann ist das Küssen eine Qual. Hie und da, wenn wir ausgingen, durfte es etwas reizvoller Lippenstift sein. Dann passte auch etwas verführerisches Rouge ins Gesicht. Sollten wir uns später küssen, intensiver küssen, dann war der Lippenstift längst wieder verschwunden. Schließlich schmeckte Blattlausfarbe nicht besonders! „Wir kommen nun zum Tast- oder Spürsinn. Da wird es erst richtig prickelnd, bist du bereit dafür?" „Da fragst du noch?" Jacqueline sah mich mit strahlenden, herausfordernden Augen an, gespannt, was ich mir dazu alles hatte einfallen lassen.

Am nächsten Tag klopfte ich am frühen Nachmittag wieder an die Suite von Jacqueline. Sie war sichtlich nervös. Ich hatte ihr schon verraten, dass sie sich nicht hübsch zu machen brauche, sie solle sich duschen und in Unterwäsche im Bademantel auf mich warten. Eingehüllt in ihren weißen Plüschmantel und mit noch feuchten Haaren wirkte sie um Jahre jünger. Die gesamte positive Energie der letzten Wochen und Monate putschte Jacqueline auf. Ein Geheimrezept für ein lang andauerndes Jungbleiben?

Dabei musste ich an ein Buch denken, das ich vor langer Zeit gelesen hatte. Es ging dabei um fünf oder sechs tibetanische Übungen, die ein Lehrer seinen Schüler gelehrt hatte. Diese Geschichte begann damit, dass der Schüler erfahren hatte, wie alt sein Lehrer war. Und er war überrascht, dass ein – ich glaube – 80-jähriger Mann aussah wie 40 oder 45. Das alles war diesen Übungen zuzuschreiben, die sein Meister in Tibet gelernt hatte. Seit einiger Zeit machte auch ich diese Übungen. Auch ich sah wesentlich jünger aus. Ob diese fünf Tibeter bereits ihre Wirkung zeigten? (Die 6. Übung, der 6. Tibeter – das war leider nichts für mich …) Dieses Buch hatte mich damals sehr beeindruckt. Und unsere Lebenseinstellung beeinflusst natürlich auch unser Altern und unser Wirken auf andere.

„Damit du deinen Tastsinn auch richtig schärfen kannst, musst du natürlich auch deinen Spürsinn entsprechend auf Vordermann bringen. Beides, tasten und spüren, gehört unmittelbar zusammen."

Wir begannen mit einfachen Übungen. Ich verband Jacqueline mit unserem Seidentüchlein die Augen und ließ sie verschiedenste

Dinge ertasten. Dies war relativ einfach. Schwieriger wurde es schon, als ich sie – ähnlich einer Blindenschrift – gestanzte Bilder ertasten ließ. Aber auch dabei entwickelte sich ihr Tastsinn rasch weiter. Um ihren Spürsinn zu schärfen, griff ich zu anderen Mitteln: Ich ließ Jacqueline auf der Couch Platz nehmen und berührte sie mit verschiedensten Dingen. Kalten, warmen, weichen, harten, einfach geformten und künstlerisch gestalteten. Ich berührte damit ihre Hände, ihre Beine, ihren Bauch, ihren Rücken, ja, dies artete zu einem heiteren Spielchen aus.

Um wieder etwas Erotik in unsere Übungen zu bringen, bat ich Jacqueline, dass sie sich – ohne Bademantel, nur in ihrer reizenden Unterwäsche und in Strümpfen – aufs Bett legen solle. Dann begann ich, ganz behutsam mit meinen Fingerspitzen ihren Körper auf und ab zu streicheln.

Ich begann beim Kopf, streichelte leicht übers Haar und strich mit meinen Fingern über ihren Nacken und über die Schultern. Ein sanftes Streicheln über ihre Hände und wieder zurück. Ich konnte spüren, dass es Jacqueline vor lauter Reiz nur so kalt über den Rücken lief. Sie hatte eine Gänsehaut und sagte nur: „Mach weiter so ..." Ich führte meine Finger zart über ihren Rücken bis zum Ansatz ihres Gesäßes. Dann strich ich seitlich wieder nach oben, berührte ganz leicht seitlich ihre Brust. Auf der anderen Seite strich ich wieder abwärts, nicht ohne auch ihre linke Brust seitlich leicht zu berühren. Ihre Brüste fühlten sich ganz weich, aber auch sehr fest an. Wie gerne hätte ich ihre Brüste nun gestreichelt und liebkost.

Aber noch war meine Reise quer über ihren Körper nicht beendet. Ich strich seitlich über ihren Po und entlang ihres linken Beines hinab. Sie hatte reizvolle, dunkle Strümpfe an, eigentlich eine Strumpfhose, sodass auch ihr hübsches Hinterteil von einer reizvollen Seidenverpackung verdeckt war. Ich streichelte über ihre Beine oder besser über die Strümpfe auf ihren Beinen. Wie reizvoll fühlten sich nun ihre Beine an. Auch Jacqueline dürfte meine Berührungen sehr genossen haben. Immer wieder hörte ich sie leise aufstöhnen und murmeln: „Ah, das fühlt sich gut an ..."

Ich wechselte meine Berührungen von den Fingerkuppen auf meine Nägel. Als diese leicht über ihre Schenkel strichen, aufwärts bis zum Ansatz ihres Hinterteils, fuhr sie mit dem Oberkörper leicht hoch, legte den Kopf dabei weit zurück und stöhnte laut auf. Ihre Augen hatte sie geschlossen. Auch ich genoss es, Jacqueline zu berühren, ich genoss ihren Duft, den sie ausstrahlte, ich genoss ihr Ausgeliefertsein. Sie zerrann förmlich zwischen meinen Händen. Ich arbeitete mich nun schon mit beiden Händen an den Beinen hoch. Strich manchmal sanft, manchmal fester über die Innenseite ihrer Schenkel und berührte manchmal ganz leicht, wie unabsichtlich, ihr Lustzentrum. Sie war heiß, sie war feucht. Ich konnte dies nicht nur spüren, ich konnte dies auch riechen. Sie strömte bereits so viel erotische Düfte aus, dass ich mich selbst kaum noch beherrschen konnte.

Ich strich mit meinen Nägeln leicht über ihren Po, quer über ihre Pobacken, dann fuhr ich mit den Fingern leicht zwischen den beiden prächtigen Backen wieder abwärts. Wie geil fühlte sich diese Haut unter den Strümpfen an. Ich strich wieder die Beine abwärts und hob dann das rechte Bein leicht hoch. Ich musste ihre Füße riechen und musste ihre Zehen küssen. Ich spielte mit meiner Zunge entlang der Zehen, der Füße und wieder aufwärts über die Waden, die reizvollen Kniekehlen und die Schenkel. Je weiter ich mich nun mit meinem Gesicht ihrer Lustzone näherte, umso intensiver vernahm ich ihren Liebesduft. Es wurde sehr warm, ja, schon heiß. Ich fühlte beinahe ein Dampfen zwischen ihren Beinen. Schließlich erreichte ich ihre Lustgrotte und umspielte diese mit meiner Zunge. Jacqueline konnte sich nicht mehr halten, stöhnte laut auf und schrie: „Ich halte das fast nicht mehr aus! Bitte mach weiter, bitte hör nicht auf ..."

Doch ich besann mich wieder, erholte mich von meinem Sinnesrausch, von meiner Ekstase und streichelte noch lange ihren Körper auf und ab. Ihr Körper dürfte nun genug sensibilisiert sein. Nach einiger Zeit wurden meine Berührungen weniger und weniger und auch immer langsamer, bis ich schließlich aufhörte und mich liebevoll und leicht angelehnt neben sie legte. Auch ich war nun völlig erschöpft. So schliefen wir beide ein.

Als wir aufwachten, war es schon dunkel. Jacqueline sah mich liebevoll an: „Das war sehr aufregend. Aber ich würde auch gerne deinen Körper abtasten. Ich möchte wissen, wie sich dein Körper anfühlt." „Gut, dann mache ich es mir bequem und lass dir freien Lauf ..." Ich zog mich auch bis auf meine Unterwäsche aus und machte es mir auf der Couch bequem. Nun überließ ich Jacqueline das Kommando und gab mich voll den Gefühlen hin. Sie tastete liebevoll meinen Körper von oben bis unten ab und streichelte leicht mir ihren Fingern über meine Haut. Und ich genoss es! Es war angenehm. Es war einfach großartig. Jacqueline konnte mich im dunklen Raum kaum sehen, sie konnte mich nur ertasten. Sie erkundete fast jeden Bereich meines Körpers, leider nur fast jeden ... Wie sehr sehnte ich mich danach, dass sie meine Brüste streichelte, dass sie diese mit ihrer Zunge umspielte. Wie sehr sehnte ich mich danach, dass sie mich zwischen meinen Schenkeln streichelte und mein Lustzentrum berührte. Aber sie blieb auf höflicher und respektvoller Distanz. Anscheinend wollte sie sich vieles noch für später aufheben.

Am Abend zogen wir uns an und genossen an der Schlossbar noch ein paar Gläschen Wein. Wir unterhielten uns prächtig. Wir waren in den letzten Wochen und Monaten zu sehr lieben Freundinnen, zu sehr intimen Freundinnen geworden. Wie sehr genossen wir unsere gemeinsame Zeit. Mochte diese doch nie vergehen ...

Tage später war ich wieder bei Jacqueline in ihrer Suite. Es stand wieder das Schärfen des Tast- und Spürsinns am Programm. Ich gestand Jacqueline, dass an diesem Tag Besuch käme und uns bei der Übung unterstützen würde. Sie war sichtlich aufgeregt.

Plötzlich klopfte es an die Tür, Jacqueline öffnete und zu uns gesellte sich ein Masseur samt Massagetisch. „Heute gönne dir mal eine angenehme Massage von unserem Schlossmasseur", ich hielt meine Arme auf ihren Schultern und drückte ihr ein liebevolles Küsschen auf die Stirn. Der Masseur, er hieß Paul, baute in der Zwischenzeit seinen Massagetisch auf, richtete sich seine Öle und legte ein paar Handtücher zurecht. „Bitte ausziehen, ganz ausziehen", sagte er in einem bestimmten Ton, sodass sich Jacqueline kaum etwas zu erwidern traute. Sie zog ihren Bademantel und ihre Unterwäsche aus und legte sich auf den Massagetisch. Wieder konnte ich ihren völlig entkleideten Körper betrachten. Wie sehr sehnte ich mich nun nach diesem! Paul deckte sie mit einigen Handtüchern zu und rieb sich die Hände mit einem äußerst gut riechenden Massageöl ein. Es hatte einen bestimmten Duft. Jacqueline und ich blickten uns kurz an und unsere Blicke sagten einstimmig: „Mandelöl."

Paul schob das Handtuch von den Beinen und begann mit der Massage. Er ölte erst die Beine ein und begann dann von den Füßen aufwärts zu massieren. Erst die Zehen und den Fuß, dann über die Waden bis zu den Schenkeln. Wobei mir schon auffiel, dass seine Hand auffällig lange die Innenseite der Schenkel massierte. Es schien Jacqueline sehr zu gefallen. Paul massierte auch seitlich an ihrem Hinterteil entlang und knetete schließlich beide Pobacken kräftig durch. Paul war sehr gut gebaut. Er hatte ein weißes, kurzes T-Shirt an, sodass wir seinen trainierten Oberkörper gut sehen konnten. Die dunklen Brusthaare traten seitlich vom T-Shirt hervor. Nicht voll behaart wie ein Gorilla, aber doch etwas. Er hatte kräftige, muskulöse Arme, auch seine Unterarme waren recht stark. Hmm, der sieht doch recht schnuckelig aus, dachte ich mir insgeheim.

Jacqueline spürte aber nur die kraftvolle Massage. Mit geschlossenen Augen und einem zufriedenen Lächeln ließ sie diese über sich ergehen. Im Hintergrund spielte eine angenehme Entspannungsmusik. Der Masseur hatte seinen CD-Player samt Musik selbst mitgebracht. Während Jacqueline die Massage genoss, machte ich es mir auf der Couch bequem und beobachtete die beiden.

Paul massierte Jacqueline sehr nah an gewissen Stellen, sodass ich spürte, dass sie selbst dies als sehr angenehm empfand und leicht erregt wurde. Weil mein Geruchssinn ja sehr ausgeprägt war und ich den Duft von Jacqueline gut kannte, wusste ich, dass sie schon sehr erregt sein musste. Doch auch Paul dürfte dies bemerkt haben und man konnte an der Beule an seiner Hose erkennen, dass auch ihn diese Massage etwas in Fahrt gebracht haben dürfte.

Seine Hose schien schon zum Platzen angeschwollen zu sein. Er stand nun – seine gewisse angeschwollene Stelle in der Hose – vor ihrem Kopf und massierte ihren Rücken mit beiden Armen. Dabei beugte er sich über sie und massierte bis zu ihrem Hinterteil hinunter, knetete etwas daran und strich wieder zurück. Dies machte er ein paar Mal.

Ich konnte erkennen, dass Jacqueline plötzlich ihre Augen geöffnet hatte und direkt auf seine Schwellung starrte. Was mochte in ihr nur vorgegangen sein? Ich konnte förmlich ihre Lust, ihre Gier auf dieses Stück in der Hose spüren. Sie strich sich mit der Zunge über ihre Lippen und musste sich in diesem Moment die herrlichsten Dinge vorgestellt haben. Ob sie auch seine Geilheit riechen konnte, ob sie seinen Schwanz roch?

Als Paul fertig war, deckte er Jacqueline vollkommen zu und ließ sie ein paar Minuten so liegen und die Massage nachwirken.

Na, da werde ich mir sicherlich auch bald eine Massage von Paul gönnen ...

Später saßen wir beim Abendessen und ich fragte Jacqueline, ob sie ihre Massage genossen hätte. Ein Funkeln in ihren Augen gab mir schon die Antwort. „Was für ein Schwanz, oh, ich meine, was für ein Mann!", ein kleiner Versprecher, doch wir wussten beide, dass wir an das Gleiche gedacht hatten. Wir brachen in Gelächter aus und planten, uns bald wieder eine Massage zu gönnen. Aber ob wir dann widerstehen könnten, nicht in die Hose zu fassen ...?

Nach einigen Gläschen besten steirischen Rotweins brachte ich Jacqueline noch zu ihrer Suite. Ich verabschiedete mich mit einem Kuss. Doch Jacqueline umarmte mich und küsste mich heiß. Wir pressten unsere Lippen aneinander, unsere Zungen umspielten sich gegenseitig, wir wurden richtig heiß aufeinander. Plötzlich zog mich Jacqueline mit in ihre Suite, noch immer innig küssend. Sie küsste mich am Hals entlang bis zu den Brüsten. Dann streifte sie mir die Bluse vom Leib und küsste und leckte über meine Brüste. Wie gut, dass ich heute keinen BH trug. Sie umspielte mit ihrer Zunge meine Brustwarzen, die weit wegstanden, ja, ich war voll erregt. Wie sehr hatte ich mich danach

gesehnt, nun endlich streichelte sie mir über die Brüste und küsste mich wieder. Auch ich hatte ihre Bluse bereits abgestreift – auch kein BH! – und konnte nun endlich auch ihre Brüste liebkosen. Ich umspielte mit meiner Zunge auch ihre Brustwarzen und kniff mit den Lippen leicht daran. Als wir uns küssten, berührten sich unsere nackten Brüste und wir rieben uns aneinander ...
„Leg dich hin, Jacqueline, jetzt werde ich die angefangene Massage noch vervollständigen." Ich holte aus dem Bad ein Massageöl. Jacqueline zog sich inzwischen ganz aus und legte sich auf das Bett. Ich sorgte für eine angenehme, passende Musik und rieb mir die Hände mit dem Massageöl ein.

Jacqueline lag am Bauch und genoss die Musik. Ich massierte ihren Fuß, die Fußsohle, die Zehen, seitlich die Knöchel, dann hob ich ihr Bein in die Höhe und umspielte mit meiner Zunge ihre Zehen. Ich spürte, wie Jacqueline zusammenzuckte und nach hinten blickte. Sie lächelte mir zu und legte sich umso entspannter wieder zurecht. Den Kopf auf die Seite geneigt, mit einem zufriedenen Lächeln und geschlossenen Augen. Sie genoss meine Berührung sichtlich. Ich streichelte ihren Fuß entlang, entlang den Waden, entlang den Schenkeln, wobei ich natürlich deren Innenseite etwas stärker massierte. Diese Stellen sind sehr wichtig beim Massieren, damit das Gewebe straff bleibt. Aber ich massierte diese Stellen natürlich auch aus einem anderen Grund.

Dann streichelte ich mich außen hoch zu den Pobacken. Diese knetete ich ordentlich durch. Was für ein Arsch! Dies dürfte Jacqueline besonders genossen haben, ihr entwich ein leichtes Stöhnen. Dann massierte ich mit beiden Händen beide Pobacken, drehend nach innen, dann drehend nach außen. Dabei presste ich die beiden Pobacken leicht auseinander und mir entblößte sich der Blick auf ihr Poloch und ihr gesamtes Lustzentrum. Je mehr ich nun mit dem Nach-außen-Drehen die Pobacken massierte, umso mehr stöhnte Jacqueline auf. Anscheinend hatte sie meine Massage doch schon sehr erregt. Flüchtig streifte ich mit den Fingern ganz leicht entlang der Einkerbung zwischen den Pobacken. Manchmal berührte ich ganz leicht, nur „zufällig" ihr Poloch. Ich merkte, dass sie mir ihr Hinterteil immer mehr entgegenstreckte. Sie wurde mehr und mehr unruhig. Hatte ich sie etwa schon so sehr erregt? Ich war es auf alle Fälle! Ich massierte nun wieder die Innenseite ihrer Schenkel, erst den rechten Schenkel, dann den linken, dann beide mit beiden Händen. Wieder streifte ich ganz flüchtig ihr Lustzentrum und bemerkte, dass bereits eine weiße Flüssigkeit aus ihrem Zentrum entwich. Jacqueline stöhnte immer wieder, immer lauter werdend auf. Leicht teilten sich schon ihre Schamlippen und ich konnte schon in ihr Inneres sehen. Ich spürte ihre Hitze, ich spürte ihre Sehnsucht, ihre Bereitschaft. Ich spielte mit meiner Zunge entlang dem Po, entlang den Pobacken. Ich leckte ihr Arschloch und da stöhnte sie plötzlich laut auf. Sie hob ihren Kopf in die Höhe, voller Anspannung. Ich konnte sehen, dass ihr Gesicht total gerötet war. Ihre Hände hielten verkrampft seitlich das Bett fest.

Nun leckte meine Zunge abwärts und ich gelangte in ihre Lustspalte. Feucht, heiß und voller Begierde waren ihre Lippen. Sie spreizte ihre Beine immer weiter auseinander, sodass ich sie viel besser berühren und lecken konnte. Sie schmeckte wunderbar! Sie roch großartig! Was konnte es Geileres geben als solch ein Duft, solch ein Anblick, solch ein Geschmack und solch ein Gefühl …

Ich stand auf und gab Jacqueline nun zu verstehen, dass sie sich umdrehen sollte. Sie legte sich auf den Rücken, aber etwas weiter nach unten. Sie winkelte ihre Beine ab, stellte sie auf und spreizte sie auseinander. Ich hatte nun ihr Lustzentrum vor meinen Augen. Sie hatte wirklich eine hübsche Schambehaarung, nicht zu lange Haare, schön gepflegt und in einer leichten Dreiecksform getrimmt. Um ihre Schamlippen hatte sie keine Haare mehr, sodass ich ihre intimste Zone bestens sehen konnte. Ich finde, weniger und gepflegte Schambehaarung ist ohnehin viel erotischer als ein wildes Durcheinander von Krauselhaaren, die keinen Blick freigeben auf die Lustzonen der Frau.

Ich spürte auch in mir ein Verlangen nach ihren Berührungen. Ich war feucht, nein, ich war heiß und nass. Ich bückte mich wieder zwischen ihre Beine und leckte ihr Lustzentrum, ich spreizte mit den Händen ihre Schamlippen etwas auseinander,

sodass ich mit der Zunge besser eindringen konnte. Jacqueline stöhnte lauf auf, sie atmete sichtlich schwer und hatte einen hochroten Kopf. „Weiter, mach weiter, bitte hör nicht auf. Das hatte ich schon ewig nicht mehr ..."
Ich stieß gelegentlich mit meiner Zunge in sie hinein, so weit ich konnte. Dabei stöhnte sie jedes Mal laut auf. Dann nahm ich meinen Finger und streichelte zuerst ihren Kitzler, dann fuhr ich langsam nach unten. Ich glitt dahin wie in einer glitschigen Rinne und dann steckte ich ihr meinen Finger hinein. Erst nur leicht, dann etwas mehr und plötzlich ganz fest bis zur Fingerwurzel. Jacqueline stöhnte laut auf, hob ihren Oberkörper und stieß einen lauten Schrei aus. Sie schwitzte am ganzen Körper, sie vibrierte am ganzen Körper. Gleichzeitig leckte ich nun ihren Kitzler und bewegte den Finger in ihr. Jacqueline hielt es nicht mehr länger aus. Sie wälzte ihren Oberkörper hin und her, verkrampfte sich mit den Händen im Bettlaken. Ihre Venen am Hals und auf der Stirn traten weit hervor. Mit einem lauten Schrei und einem festen, anhaltenden Zucken in ihrer Lustgrotte hatte sie ihren ersten Orgasmus nach langer Zeit, nach sehr, sehr langer Zeit.

Ich streichelte sie noch leicht und leckte ein paar Mal mit meiner Zunge über ihre Schamlippen. Jedes Mal zuckte Jacqueline noch etwas zusammen, lag nun aber völlig erschöpft, völlig in Schweiß gebadet, aber überglücklich auf dem Bett. Sie hatte die Augen geschlossen, ihr Mund lächelte und sie flüsterte nur ganz leise: „Danke."

Kapitel 10
Der 5. Sinn –
Was wir nicht alles schmecken!

Es war ein wunderschöner Spätsommertag, die Sonne strahlte. Jacqueline und ich trafen uns zum morgendlichen Frühlauf. Wir hatten uns nun schon daran gewöhnt, dass wir drei- bis viermal in der Woche eine kleine Waldrunde joggten. Danach duschten wir uns in Jacquelines Suite und machten uns dann erfrischt und voller Tatendrang über das Frühstücksbuffet her. „Was steht heute am Programm?", fragte Jacqueline und schlürfte an ihrem Cappuccino. Sie sah mich liebevoll an.

Ich nahm einen Bissen von meinem Croissant, schlürfte einen Schluck Espresso Macchiato und blickte nachdenklich nach oben. „Also ich schätze, es wird Zeit, dass wir uns nun dem 5. Sinn, dem Geschmackssinn widmen." „Aber das machen wir doch gerade, bei diesem wunderbaren Frühstück ..."

„Das stimmt, aber wir können den Geschmackssinn noch viel stärker verfeinern. Wir könnten aber bei der Küche bleiben. Beginnen wir heute mit den unterschiedlichen Gewürzen, dies ist eine tolle Übung."

Wir schnorrten uns aus der Schlossküche verschiedene frische Gewürze und begannen damit, unseren Gaumen mit den unterschiedlichsten Geschmacksrichtungen zu prüfen. Wir verwendeten auch verschiedene Obst- und Gemüsesorten und noch verschiedene Leckereien, wie Schokolade, Marzipan und Nüsse.

Das war aber noch die einfachste aller Übungen. Danach band ich Jacqueline die Augen wieder mit unserem Seidentüchlein zu und kreierte kleine Häppchen, die sie ohne Mühe mit einem Mal in den Mund bekam. Sie kaute diese Häppchen sorgfältig durch und musste im Anschluss erraten, welche Lebensmittel und Gewürze darin enthalten waren.

Diese Geschmackshäppchen wurden immer kreativer: Putenschinken mit Oberskren auf Feige mit Orangenmarmelade oder

Mango mit Chili und Hartkäse oder frisches Schwarzbrot mit Topfenaufstrich, Kresse und Birne oder gepfefferter Shrimps mit Tomate und Oregano. Meiner kulinarischen Kreativität waren keine Grenzen gesetzt. Ach ja, ich machte jedes Mal zwei gleiche Häppchen, eines für Jacqueline und eines für mich. Schließlich wollte ich ja auch schmecken, welchen Eindruck meine sonderbaren Kreationen hinterließen.

Für den nächsten Tag hatte ich eine kleine Weinverkostung organisiert. Wir trafen uns im schlosseigenen Weinkeller mit dem Sommelier. Der Weinkeller war gewaltig. Ein wunderschönes Kellergewölbe aus roten Backsteinen, viele Regale mit den edelsten Tropfen. Manche Flaschen waren so verstaubt, dass man das Etikett gar nicht lesen konnte. An einer Ecke des Weinkellers stand ein Tisch, rundherum mit Bänken, und hier hatten wir Platz genommen.

Es gab zwar elektrisches Licht, damit wir aber noch mehr Weinkelleratmosphäre erleben durften, wurden zusätzlich etliche Kerzen angezündet. Wow, kitschiger ging es nicht mehr, aber uns gefiel es! Der Sommelier machte zu Beginn eine theoretische Einführung über die verschiedenen Arten von Weinen, die wichtigen Weinanbaugebiete usw. (Wieso dauerte das nur so lange, her mit der ersten Flasche Wein!)

Endlich begannen wir zu verkosten. Erst waren die leichten Weine an der Reihe. Dann kämpften wir uns immer weiter vor zu den schwereren Rotweinen bis hin zu den süßlicheren – Beerenauslese, Spätbeerenauslese und Eiswein. Dazu gab es kleine Stückchen von Blauschimmelkäse – exzellent!!!

Ich bemerkte spätestens jetzt, dass ich eigentlich von der Weinkunde überhaupt keine Ahnung hatte. Was wir in diesen drei bis vier Stunden alles zu hören bekamen, war überwältigend. Endlich hatten wir nicht nur den Geschmack auf der Zunge, welcher Wein wie schmeckte, sondern konnten künftig auch mit einer Weinkarte etwas anfangen. Hielt sich bisher unser Auswahlverfahren auf der Weinkarte immer an den Preisen, so würden wir künftig natürlich nach anderen Kriterien wählen.

Wie gut, dass wir nach der Weinverkostung, die ja im eigenen Schloss-Weinkeller stattfand, nur noch zwei Etagen hochgehen mussten, bis wir Jacquelines Suite erreichten. Vielleicht hätten wir doch nicht alle Kostproben austrinken sollen. Es stand ein kleiner Kübel am Tisch. In diesen hätten wir – nach einigem Hin- und Herspülen des Weines im Mund – den Wein manchmal leeren sollen. So hatten wir am Ende des Abends eine Vollrakete! Wir konnten kaum noch gehen und mussten uns, eingehängt und angelehnt an den anderen und an das Stiegengeländer, kichernd und blödelnd die endlos scheinenden Stufen nach oben hochkämpfen. Endlich erreichten wir die Suite, dann hatten wir schon das nächste Problem. „Dieser Schlüssel, wo ist denn nur dieser Schlüssel …?" Jacqueline hatte sich bereits vor der Eingangstür zu ihrer Suite am Boden hingelegt und durchstöberte ihre Handtasche. Das heißt, sie stöberte nicht, sie drehte die Tasche einfach um, sodass alles rauskullerte, und wühlte nun in ihrem privaten Haufen auf der Suche nach dem Schlüssel. Wieder kicherten wir beide laut auf und nun lag auch ich am Boden und half bei der mühsamen Suche. Wir haben den Schlüssel nicht gefunden! Wir waren am Boden liegend vor der Türe zu Jacquelines Suite eingeschlafen!

Erst ein Zimmermädchen weckte uns am nächsten Morgen und sperrte uns die Suitentüre auf. Danach half sie uns noch ins Zimmer und …

… nichts mehr. Wir fielen aufs Bett und schliefen weiter …

Erst am Abend hatten wir uns wieder einigermaßen erholt. Vorsichtig verbrachten wir noch den Abend gemeinsam – ohne Alkohol – und verabredeten uns dann für den nächsten Tag – aber erst gegen Nachmittag! Wir mussten allerdings erkennen, dass sich unsere Geschmacksnerven auch am Nachmittag noch nicht ganz erholt hatten. Also legten wir wieder einen kleinen Thermentag ein. Relaxen, erholen und nichts tun … Zu mehr waren wir noch nicht fähig. An unserem Zustand war sicherlich dieser Blauschimmelkäse schuld!

Nach einigen Tagen trafen wir uns wieder, um Jacquelines fünften Sinn weiter zu entwickeln. „Heute hätte ich einen Vorschlag, welche Übung ich gerne machen möchte", Jacqueline sprudelte vor lauter Euphorie. „Komm rein, dann können wir gleich beginnen."

Ich betrat Jacquelines Suite und war gespannt, was sie sich ausgedacht hatte. „So, da bin ich nun! Wie gehen wir es an?"
„Ich möchte deinen Körper schmecken. Ich möchte, dass du dich nackt aufs Bett legst und mir die Augen verbindest. Dann kann ich mich ganz deinem Geschmack hingeben." Mit offenem Mund blickte ich Jacqueline verblüfft an. Hatte die Ästhetik-Schulung nun schon solche Auswirkungen auf diese Frau? Sie schien Gefallen an unseren Erotik-Spielchen gefunden zu haben.

„Das ist eine ausgezeichnete Idee", schmunzelte ich Jacqueline an. „Warte, ich bin gleich so weit." Ich zog mich stilvoll aus, versuchte, dabei eine recht gute Figur zu machen und so elegant wie nur möglich Stück für Stück abzulegen. Jacqueline beobachtete mich dabei genussvoll und stimmte sich sichtlich auf die bevorstehende Übung ein. Sie legte ihre Bluse und ihren Rock ebenfalls ab und behielt nur ihre Unterwäsche und die Strümpfe an. Danach kam sie lächelnd mit unserem Seidentüchlein auf mich zu.

Ich verband ihr die Augen und führte sie ans Bett. Ich legte mich mit dem Rücken darauf und war gespannt, wie und wo Jacqueline nun beginnen würde. Natürlich begann die Geschmacksreise über meinen Körper bei meinen Lippen. Jacqueline küsste mich liebevoll, leckte aber sogleich lüstern über meine Lippen. Danach umspielte sie mit ihrer Zunge meinen Hals. Ich fühlte, dass sie eine gewisse Stelle etwas intensiver leckte und saugte. Moment mal, sie wird mir doch nicht ... Doch schon zu spät. Jacqueline hatte mir tatsächlich einen kleinen Knutschfleck angesaugt. So ein Luder! Na, warte ab ...

Jacqueline nahm meinen Arm und leckte und schleckte ihn von den Fingern bis zur Achsel abwärts. Gelegentlich hörte ich ein „Hmm ...". Immer wieder hörte ich sie intensiv meinen Geruch auch einsaugen. Sie küsste meine Brüste und leckte diese intensiv und liebevoll ab. Sie saugte etwas an meinen Brustwarzen, kniff diese leicht mit den Zähnen zusammen und umspielte sie zuletzt noch mit ihrer Zunge. Danach küsste sie sich abwärts, bis sie meinen Bauch und meinen Nabel erreichte. Eine Zeit lang leckte und lutschte sie dabei rum, bis sie sich seitlich am Bein entlang nach unten durcharbeitete. Sie lutschte und saugte an meinen Zehen, ich fand dies auch sehr anregend. Danach spielte sie mit ihrer Zunge an meinem Bein auf der Innenseite entlang nach oben. Sie leckte links und rechts an meinen Schenkeln. Danach küsste sie mir wieder liebevoll den Bauch und fuhr langsam abwärts. Sie erreichte meine Schamhaare. Auch ich legte großen Wert darauf, dass meine Schamhaare gepflegt und sexy aussahen. Es schien, dass dies auch bei Jacqueline Wirkung zeigte. Sie leckte sich langsam abwärts und erreicht bereits meinen Kitzler. Ich konnte mich kaum halten. Ich presste meine Zähne zusammen, nur nicht losschreien. Wie geil fühlte sich dies nur an. Sie leckte weiter und stieß ihre Zunge immer weiter in mich hinein. Dabei merkte ich, wie sie mich bewusst leckte und sich auch auf meinen Geschmack konzentrierte. Schmeckte ich gut? Aber der zufriedene und erregende Anblick von Jacquelines Gesicht sagte alles.

Diesmal leckte Jacqueline mich bis zum Orgasmus. Sie hatte damit nicht viel Mühe, denn ich war schon so erregt, dass nur eine Kleinigkeit notwendig war, um mich zum Explodieren zu bringen. Ich spürte, wie ich immer feuchter wurde, und als ich meine Kontrolle total verlor, stöhnte ich nur laut auf, schlug mit meinen Händen um mich und schwebte im siebenten Himmel …

Ich brauchte einige Zeit, bis ich mich wieder gefangen hatte. Wir lagen nebeneinander im Bett und schmiegten uns aneinander. Wie harmonisch doch dieser Tag wieder war. Jacqueline und ich verstanden uns immer besser. Ja, wir klebten beinahe schon jeden Tag zusammen.

Nach dem Abendessen hatte ich noch eine kleine Überraschung für sie vorbereitet. „Eine kleine Geschmacksübung habe ich heute noch mit dir vor." Ich grinste. Jacqueline sah mich erstaunt an und überlegte, welche – wahrscheinlich erotische – Übung ich nun für sie hätte.

Wir gingen aufs Zimmer, ich verband Jacqueline die Augen und dämpfte das Licht. Im Hintergrund spielte eine entspannende Musik. Sichtlich aufgeregt und mit tiefem Atem wartete sie schon auf die „Übung". Aber ich ließ mir absichtlich Zeit. In der Suite war es angenehm warm und so ließ ich Jacqueline alles bis auf die Unterwäsche und Strümpfe ausziehen. Jacqueline wartete im Dunkeln. Sie konnte nichts durch das Seidentuch erkennen. Angenehme Musik durchflutete ihren Körper. Ich setzte Jacqueline auf einen Stuhl und band ihre Hände auf ihrem Rücken mit einem anderen Tüchlein zusammen. Nicht zu fest, aber auch nicht zu leicht, damit sie sich nicht entfesseln konnte.

Aufgeregt atmete Jacqueline. „Was ist nur los? Was passiert nun?" Sie hörte nur ein leises Klicken. Was war das? Es raschelte etwas, nein, es raschelte nicht, es fiel etwas leicht zu Boden. Waren es die Kleider von Claudia? Ein ihr sehr bekannter Geruch stieg in ihre – nun bereits bestens geschulte – Nase. Ein angenehmer, erotischer Duft. Der Duft von Claudias Lustspalte, wenn sie erregt war. Anscheinend ging sie vor ihr nackt oder im Höschen hin und her und versprühte ihren geilen Duft.

Aufgeregt wartete Jacqueline, was nun kommen würde. Durfte sie wieder Claudias Geschmack kosten, den Geschmack ihrer Liebesgrotte? Ihres Liebessaftes? Leicht öffnete sie ihren Mund in Erwartung, irgendein Stück von Claudias Körper zu erhaschen, zu liebkosen, zu lecken, zu schmecken.

Plötzlich roch sie etwas ganz anderes. Etwas ganz Fremdes. Ein Duft, der auch Geilheit und Erotik ausstrahlte, aber ganz anders als das Bisherige roch. Jacqueline streckte ihre Zunge etwas aus dem Mund und stieß plötzlich auf etwas Heißes, etwas Weiches. Oder etwas gar nicht so Weiches, wenn man es richtig nahm. Ihre Zunge strich über die Eichel eines Schwanzes. Ein Mann?

Jacqueline wurde richtig heiß, ihr stieg die Erregung plötzlich gewaltig in den Kopf (und nicht nur dorthin). Sie musste nun ihre Zunge nicht mehr so weit hinausstrecken. Der Schwanz kam immer näher, sie konnte ihn nun genüsslich mit der Zunge umspielen. Sie strich über die Eichel, über die Einkerbung in der Mitte. Es hatte sich genügend Speichel in ihrem Mund gebildet. Sie spürte, wie dieser fremde Schwanz sich langsam in ihren Mund schob und sie genoss es.

Bereitwillig nahm sie diese Luststange in ihrem Mund auf und lutschte daran. Sie schob ihren Kopf vor und zurück und erregte somit ihren Schwanz umso mehr. Sie spürte, wie steif dieser war. Wie sich die Adern rundherum abzeichneten. Und sie liebte diesen Geschmack. So schmeckte ein Schwanz! Herrlich. Wie lange hatte sie auf diesen erotischen und wunderbaren Geschmack warten müssen. Nun konnte sie sich daran festsaugen, daran lutschen, daran mit ihrer Zunge herumspielen. Sie nahm dieses steife Glied in ihrem Mund voll auf. Ihre Bewegungen wurden immer schneller, vor und zurück. Sie vernahm erst ein leichtes, dann ein immer lauter werdendes Stöhnen eines Mannes. Wie gerne würde sie ihn in ihre Hände nehmen und massieren, aber diese waren ja am Rücken zusammengebunden. Hilflos war sie diesem Schwanz ausgeliefert. Sie schwebte auf Wolke sieben und wurde von diesem Duft und Geschmack betört. Ihr kam es vor, als ob dieses Stück Mann immer größer würde und anschwölle. Er wird doch nicht …

Plötzlich hörte sie ein lautes Aufstöhnen und der Schwanz in ihrem Mund explodierte, er entlud sich. Eine angenehme, warme Flüssigkeit spritzte in ihren Mund. Ein Teil der Flüssigkeit rann ihr seitlich aus dem Mund hinunter, einen Teil davon schluckte sie und einen anderen behielt sie im Mund und schmeckte ihn noch voller Genuss weiter.

Der Schwanz zog sich zurück. Jacqueline war hingerissen. Wer war dieser Mann? War jetzt aber egal! Sie genoss den Duft und den Geschmack dieses lustvollen Stabs, den sie eben noch im Mund gehabt hatte …

Nach einiger Zeit, Jacqueline hatte sich schon wieder beruhigt, band ich sie los und nahm ihr das Seidentüchlein von den Augen. Jacqueline öffnete die Augen, sah sich um und blickte mich ratlos an. „War hier nicht ein Mann?", fragte sie mich. „So? War hier ein Mann?", antwortete ich ihr. „Ich sehe keinen", und musste dabei natürlich schmunzeln.

Jacqueline erfuhr niemals, wessen Stück sie damals schmecken durfte. Aber war das zu diesem Zeitpunkt nicht auch egal? Es war eine Übung wie jede andere auch. Eine Übung zur Schärfung des Geschmackssinnes.

Und wie dieser Sinn damit geschärft wurde …

Kapitel 11
Der 6. Sinn –
Verlasse dich auf deine innere Stimme

Es war ein wundervoller Herbsttag. Wir fuhren in die Berge, um zu joggen und etwas Bergluft zu inhalieren. Wir wollten etwas Abwechslung. In den Bergen zwischen den Baumwurzeln auf und ab zu joggen war doch etwas mühevoller, als gemütlich auf halbwegs ebenen Wegen durch unsere Wälder in der Nähe des Schlosses zu laufen. Aber mit einem hatten wir an diesem Tag nicht gerechnet: Wir genossen unseren morgendlichen Lauf. In den letzten Wochen hatten wir uns doch schon etwas Kondition antrainiert, somit war das Auf und Ab in den Wäldern kein Problem für uns. Plötzlich waren sie da, rund um uns. Wir waren nahezu eingekreist von ihnen: Eierschwammerl!

„Das gibt es doch nicht", sprudelte es aus Jacqueline heraus. „So viele auf einem Fleck habe ich noch nie gesehen. Los, pflücken wir sie, heute Mittag machen wir uns ein Spezialmenü!" Ihre Augen strahlten im etwas dunstigen Wald und schon bückte sie sich, zog sich ihr T-Shirt aus und schwups landeten die ersten Eierschwämme in dem provisorischen Körbchen. Dass Jacqueline beim Joggen keinen BH trug, störte sie in diesem Moment nicht, mich auch nicht! Mit blankem Busen hüpfte sie von einem Fleck zum nächsten, völlig hypnotisiert von den dunkelgelben Gewächsen.

Mich überkam wieder ein Kribbeln. Jacqueline bewegte sich wie eine kleine Nymphe zwischen den Bäumen hin und her. Ihr nackter Oberkörper glänzte verführerisch und ihre hübschen, kleinen Brüste blinkten lustvoll zu mir. Welch erotische Ausstrahlung sie bereits angenommen hatte. Ich war entzückt. Mit aller Gewalt musste ich meinen starr auf ihren hübschen Körper gehefteten Blick nun abwenden. Ich zog auch mein Shirt aus und los ging es – Schwammerl einsammeln. Innerhalb von nur einer halben Stunde hatten wir unsere Shirts voll mit dem köstlichen Mittagessen. Zufrieden setzten wir uns ins Moos und bestaunten unsere reiche Ausbeute. Wir lächelten uns an. Doch dann konnte ich mich nicht mehr im Zaume halten. Ich beugte mich seitlich zu Jacqueline und küsste sie zärtlich auf den Mund. Ich streichelte ihr übers Haar, über den Rücken, bis ich endlich ihre Brüste berühren konnte. Starr und lustvoll standen ihre Brustwarzen weit ab. Auch Jacqueline berührte nun meine Brüste und so streichelten und küssten wir uns genussvoll in leichte Ekstase. Die Gefahr, dass uns jemand sehen könnte, war groß. Aber das schien uns nicht zu stören. Nein, im Gegenteil, vielleicht törnte uns dieser Reiz des Verbotenen auch an. Wir legten uns rücklings ins weiche Moos und schmiegten uns Körper an Körper aneinander. Wie herrlich fühlte sich ihre Haut auf meiner Haut an, wie wunderbar rieb sich ihr Busen an meinem. Wir küssten uns lange und innig und unsere Zungen eröffneten einen erotischen Tanz. Unsere Hände streiften zärtlich über die Haut der anderen. Unsere Haut ist doch eines der erotischsten Organe, die wir besitzen. Wir genossen unser reizvolles Spielchen im Moos.

Nach unserem erotischen Waldausflug fuhren wir zu mir und bereiteten uns ein ebenso erotisches Waldmenü:

Rezept: Erotisch panierte Eierschwammerl mit sinnlichem Joghurt Dip:

Wir bereiten unsere Zutaten erst vor:
400 g Eierschwammerl (für unsere nördlichen Leser: Pfifferlinge!)
etwas Mehl
Semmelbrösel, 2 Eier
etwas Salz, etwas Milch
½ l Öl (Oliven- oder Rapsöl)

Für den sinnlichen Joghurt Dip:
1 Becher Naturjoghurt
Crème fraîche
Frische Kräuter, Salz, Pfeffer

Wir benötigten drei Plastikschüsseln mit Deckel. In die erste Schüssel gaben wir Mehl, in die zweite die Brösel und in der dritten Schüssel verquirlten wir die beiden Eier mit etwas Salz und Milch.

Abwechselnd gaben wir die Eierschwammerl in die Mehl-, dann in die Eier-, zuletzt in die Bröselschüssel und schüttelten jedes Mal kräftig. Nun mussten wir nur noch die panierten Schwammerl in einer Pfanne mit heißem Öl bräunlich golden herausbacken. Wie köstlich sahen unsere „erotischen Eierschwammerl" aus!

Für den sinnlichen Dip vermischten wir die Crème fraîche mit dem Joghurt. Gaben etwas Salz und Pfeffer hinzu und hoben auch die fein gehackten, frischen Kräuter darunter.
Fertig!

Wir deckten unseren Esstisch und genossen diese köstlichen Schwammerl, getunkt in der frischen Kräutersoße. Natürlich gönnten wir uns auch ein Fläschchen guten Rotwein und mussten noch lange über unseren Nacktausflug im Wald lachen. Ach, wie unbeschwert wir beide uns doch verstanden, wie schön unsere gemeinsamen Stunden waren.

„Wie sieht nun der weitere Plan aus? Wir haben nun bereits alle fünf Sinne durchgearbeitet und ich glaube, du hast mir sehr viel beigebracht. Ich gehe plötzlich mit anderen Augen, mit anderen Ohren, einfach mit anderen Sinnen durch die Welt. Ich nehme die Umgebung und die Menschen viel intensiver wahr und bin viel feinfühliger und – ich könnte fast sagen – viel sensibler geworden."

„Ja, das stimmt, Jacqueline. Du hast dich schon sehr verändert und warst auch eine sehr gelehrige Schülerin. Deine fünf Sinne sind schon derart geschärft, dass du jetzt noch lernen musst, richtig damit umzugehen. Aber bevor wir dazu kommen, gibt es noch eine sehr schwierige Aufgabe für uns." „Und die wäre?", verdutzt schaute mich Jacqueline an.

„Der sechste Sinn! Wir müssen auch deinen sechsten Sinn schärfen." „Der sechste Sinn? Jetzt bin ich wieder einmal sprachlos. Davon habe ich noch nie gehört. Oder sagen wir besser: Es gibt zwar die Redewendung, einen sechsten Sinn haben für etwas, aber was meinst du nun genau damit?"

„Ja, du bist schon auf dem richtigen Weg. Der sechste Sinn ist dein Gespür, deine innere Stimme, dein Bauchgefühl. Auch diesen Sinn kannst du etwas schärfen, oder sagen wir besser: Du musst lernen, auf dein Bauchgefühl zu achten. Ist es dir nicht schon öfters so ergangen, dass irgendeine Entscheidung, die du treffen musstest und über die du nicht besonders nachgedacht hast, dann plötzlich genau die richtige Entscheidung war? Du hast das Gehirn ausgeschaltet und einfach auf dein Gefühl, auf deine Intuition gehört – und diese liegt meistens richtig!"

„Der sechste Sinn geht ja schon etwas ins Übernatürliche. Ich würde damit eher die Verbindung zu Hellsehen, Telepathie oder Parapsychologie sehen", philosophierte Jacqueline vor sich hin.

„Parapsychologie?", ich schaute Jacqueline verdutzt an. Sie hatte

sich in ihrer Ausdrucksweise schon sehr verändert. Sie hatte ihre banale und etwas ordinäre Sprachweise schnell abgelegt und besaß nun einen sehr angenehmen und gewinnbringenden Redestil. Aber Parapsychologie? Was für eine hochgestochene Wortwahl! Wir brachen beide wieder in schallendes Gelächter aus.
„Wir haben noch etwas Zeit damit. Übermorgen werden wir dann den sechsten Sinn durchnehmen. Aber gönne dir morgen noch etwas Entspannung und Zeit für dich selbst. Mache dir heute einfach einen netten Nachmittag, gehe shoppen oder relaxe gemütlich in deinem Schloss. Aber nimm dir die Zeit für dich selbst! Ja, erkunde auch deinen eigenen Körper genau. Spiele mit dir selbst, damit du weißt, wie dein Körper reagiert. Auch Erotik und Sex wollen gelernt sein und auch hier gilt die Regel: Übung macht den Meister!"

Wieder sah mich Jacqueline verdutzt an. „Du meinst, ich solle an mir selbst rumspielen, solle mich selbst befriedigen?" „Ja, natürlich! Und glaube mir, je besser dein Körper auf schönen und ergiebigen Sex trainiert ist, umso besser funktioniert es auch in der Praxis! Ich habe eine liebe Bekannte, die regelmäßig ihren Körper streichelt und sich befriedigt. Sie ist beruflich sehr engagiert und hat daher für ihr Privatleben nur wenig Zeit. Daher trainiert sie ihren Körper dahin, dass sie relativ rasch in Ekstase fällt und auch rasch zum Orgasmus kommt."

„Das kann eine Frau antrainieren? Wie soll das nur funktionieren?" Jacqueline starrte mich wieder fassungslos an. „Wenn du deine Sinne so geschärft hast, dass du sie auch entsprechend anwenden kannst, dann ist auch das Spiel mit der Liebe und der Erotik ein Leichtes! Meine Bekannte kann im Kopf relativ rasch den Schalter umlegen – und schon schmilzt sie in den Händen ihres Liebhabers dahin. Sie wird im Handumdrehen feucht und nun wurde sie schon eine Freundin von heißen Quickies. Nun gut, für Männer ist ein Quickie ja kein Problem: Eine heiße, erotische Situation, rasch erregt, das erste Eindringen in die Frau ist ja stets der geilste Augenblick eines Mannes und auch der, in dem die Empfindung seines Schwanzes am größten ist. Und ein rasches Abspritzen ist für einen Mann kein Problem – in vielen Fällen ist dies allerdings das Problem für die Frau! Schließlich sollte ja auch sie auf ihre Kosten kommen!

Wie gesagt, hast du dich und deinen Körper richtig trainiert, so kannst du für dich Ekstase, Erfüllung und Höhepunkt bestimmen. Mit oder ohne Mann – ist doch egal. Hauptsache, du hast vorerst einen erfüllenden Sex. Generell sollte jede Frau viel egoistischer sein, was ihren Sex betrifft!"

Jacqueline kam aus dem Staunen nicht mehr heraus. Mit halb offenem Mund starrte sie mich an, ohne auch nur ein Wort über ihre Lippen zu bringen.

„Frau muss lernen, sich ihren Gefühlen und Sehnsüchten hinzugeben! Dich reizt ein Mann – dann nimm ihn dir. Schalte nicht erst das Hirn ein: Ist er verheiratet? Ist er liiert? Hat er einen ordentlichen Beruf und verdient er auch genug? Kann er eine Familie ernähren? Sobald du über diese Dinge anfängst nachzudenken – dann vergiss es! Dann wird nichts aus einer heißen, erotischen Gelegenheit. Sei egoistisch! Du möchtest prickelnde Gefühle erleben, du möchtest heiße Berührungen, du möchtest körperlich verwöhnt werden – dann lass es zu!"

Jacqueline gewann wieder etwas an Fassung. „Aber wenn ich diesen Mann nicht kenne oder, noch schlimmer, wenn ich ihn kenne? Oder sogar gut kenne?" „Männer mit ausgeprägtem Sinn für Ästhetik gibt es wenige. Männer, die es verstehen, eine Frau ästhetisch so zu verwöhnen, dass jede kleine Berührung eine Explosion in ihr auslöst – solche Männer musst du nützen! Lass sie nicht an dir vorüberziehen! Sieh dies als laufende Entwicklung im Schärfen deiner Sinne. Aber – es muss ja nicht immer ein Mann sein!" Ich lächelte Jacqueline verführerisch an.

Jacqueline verstand sofort und bekam einen hochroten Kopf. „Du hast recht! Ohne dich hätte ich vieles noch nicht gelernt, ohne dich hätte ich vieles nicht entdeckt! Du hast in mir eine Tür in eine neue ästhetische, erotische Welt geöffnet. Dafür bin ich dir sehr dankbar. Auch wenn ich nie lesbische Gedanken hatte! Im Grunde fühle ich keine Zärtlichkeiten mit einer Frau, sondern nur mit einem Menschen, der mit viel Ästhetik meine Sinne verwöhnt und meine Sinne anspricht."

„Siehst du, es kommt nicht aufs Geschlecht, aufs Alter oder auf den Beruf oder sonstige Umstände in der Ästhetik an: Entweder versteht jemand die Kunst der sinnlichen Wahrnehmung und Verführung oder nicht!"

„Aber ich kann doch nicht gleich mit jedem ins Bett steigen ..." Jacqueline runzelte die Stirn. „Was würden da die Leute ..." „Warum interessiert dich, was die Leute sagen? Ist das nicht egal? Bist du denn nicht allein für dein Leben verantwortlich? Die Leute reden ohnehin über dich! Na, sollen sie doch vieles zum Tratschen haben! Aber glaubst du nicht auch, wenn sie dich stets glücklich mit einem Lächeln auf den Lippen sehen, wenn sie von Weitem schon deine befriedigende Aura strahlen sehen, dass sie nur neidisch auf dein Glücklichsein sind?" „Ja, du hast recht!" „Also merke dir: Sei egoistisch! Nimm dir Zeit für dich! Tue dir und deinem Körper Gutes, was auch immer das sein mag!"

Jacqueline fiel mir plötzlich um den Hals und küsste mich voller Sehnsucht. Wir schmiegten uns zärtlich aneinander und die kleinen Berührungen ihrer Finger an meinem Ohr, an meinem Nacken und an meinen Schultern lösten ein Ganzkörperkribbeln in mir aus. Oft sind es auch diese kleinen, flüchtigen Berührungen, die vom anderen Menschen sehr bewusst durchgeführt werden, Berührungen, die eine Gefühlsekstase auslösen können – sofern die eigenen Sinne darauf sensibilisiert sind.

„So, ich lass dich nun mit dir allein. Und genieße deine Zeit mit dir!" Ich zwinkerte Jacqueline lächelnd zu und winkte ihr noch von Weitem.

Jacqueline ging zurück in ihre Suite, zog sich ein leichtes Seidenhemdchen an – ohne Höschen – und kuschelte sich in ihr Bett. Sanfte beruhigende Musik tönte im Hintergrund und ein Gläschen Rotwein hatte sie sich auch auf ihren Nachttisch gestellt. Der heutige Nachmittag gehörte nur ihr!

Lange lag Jacqueline mit leicht geschlossenen Augen in ihrem Bett und dachte an die vergangenen Wochen und Monate, die sie mit Claudia verbracht hatte. Sie dachte an die vielen schönen, ästhetisch-erotischen Abenteuer, die sie gemeinsam erlebt hatten. Sie dachte an die vielen Grenzen, die sie beide bereits überschritten hatten. Nie dachte sie auch nur im Ansatz daran, dass dabei etwas nicht „passend" gewesen sei. Sie hatte so viele erotische Abenteuer mit Claudia erlebt, war sie nun etwa lesbisch? Darüber hatte sie sich noch nie Gedanken gemacht. Na, und wenn auch? War das nicht egal? Sie erlebte nun eine enorme erotische Hochphase, ob mit einem Mann oder einer Frau, das spielte doch gar keine Rolle. Obwohl, sie hatte schon wieder so richtig Lust auf einen Mann. Also, lesbisch konnte sie wohl nicht sein. Je mehr sie an einen Mann dachte, umso erregter wurde sie. Sie stellte sich ihren perfekten Liebhaber vor. Ein Mann, der es verstand, mit Ästhetik zu leben. Der verstand, eine Frau zu berühren, eine Frau zu verführen, ja, eine Frau in Ekstase zu versetzen.

Sie ergötzte sich am Gedanken, dass dieser Mann von ihrem Duft betört wäre. Dass er ihre Lust nicht nur spürte, sondern auch riechen könnte. Ein Mann, der sie nun packte und auf das Bett warf. Ein Mann, der ihr die Kleider vom Leibe riss und sich nicht mehr im Zaum halten konnte. Der Liebesduft, den Jacqueline ausstrahlte, machte ihn verrückt. Er schnüffelte an ihren Beinen, er schnüffelte ihre Schenkel hoch und erschnüffelte ihre Erregtheit zwischen ihren Beinen. Er legte sich erregt auf sie und hielt ihre Hände fest nach oben, sodass sie sich kaum wehren konnte. Sie wollte sich auch gar nicht wehren! Mach nur weiter!

Er küsste sie innig, küsste sie voller Erregung im Nacken und küsste danach ihre Brüste. Mit einer Hand hielt er immer noch ihre Hände fest, mit der anderen streichelte er über ihre Brustwarzen und massierte diese. Jacqueline war feucht, Jacqueline war bereit, nimm mich …

Dieser Mann strich nun mit seiner Hand über ihren Bauch und fasste in ihr Höschen. Er fühlte, wie feucht, wie nass, wie bereit sie war. Er streichelte kurz über ihre Lustgrotte, steckte ganz leicht, nur ein wenig, seinen Finger hinein, nahm ihn aber bald wieder heraus. Danach strich er wieder mit der Hand über ihren Körper aufwärts und führte seine Finger an seine Nase. Er saugte ihren geilen Geruch in sich ein. Tief atmete er ihre Lust ein. Welch ein lustvoller Duft! Kein Parfüm der Welt könnte diesen in Ekstase versetzenden Duft wiedergeben.

Wieder fasste er in ihr Höschen und berührte sie. Jacqueline stöhnte laut auf und schob ihm ihr Becken entgegen. Das war auch für den härtesten Mann zu viel. Er riss sich seine Kleidung vom Leib und zog auch Jacqueline mit einem Ruck Höschen, Strumpfhose und Rock zugleich aus. Sein Luststab war steil auf sie gerichtet. Er war groß und steif und seine Eichel war zum Platzen angespannt. „Steck ihn endlich rein", dachte sich Jacqueline. Ich will dich endlich spüren. Endlich! Er drang mit einem einzigen Ruck in sie ein. Er flutschte förmlich in sie hinein. Jacqueline stöhnte laut auf, ja, sie schrie schon richtig. „Ja, ja ..." Sie schmiegte ihr Becken im Rhythmus ihm entgegen. Immer wieder stieß der Schwanz zu und drang in voller Prallheit in sie ein. Es dauerte nicht lange und Jacqueline versank in einem Dauerorgasmus.

Ihr ganzer Körper vibrierte, ihre Adern traten weit heraus. Ihr Gesicht war dunkelrot vor Erregung, vor Erfüllung. Eine Hand verkrampfte sich in ihrem Bettzeug und die zweite Hand schob noch leicht ihren Mittelfinger in ihre Liebesgrotte hinein und heraus. Sie streichelte sich noch zärtlich eine Zeit lang weiter, bis sie voller Genugtuung und Befriedigung glücklich einschlief.

Später am Abend trafen wir uns zum Abendessen in einem griechischen Lokal. Jacqueline erzählte mir von ihren erotischen Fantasien und ihrem Weg auf der Erkundigung ihres eigenen Körpers. Ich hörte ihr aufgeregt zu und mich überkam bei ihrer Schilderung wieder dieses lustvolle Kribbeln.

Als Jacqueline an ihrem Höhepunkt angelangt war, strahlte sie mich glücklich an. „Ich verstehe nun, was du mit dem Erkunden des eigenen Körpers meinst."

Ich schlüpfte, ohne dass es Jacqueline merken konnte, aus meinen Schuhen. Wir beide hatten wieder kurze Röckchen mit dunklen, seidigen Strümpfen an. Ich konnte einfach nicht widerstehen. Ich strich mit meinem Fuß zärtlich über den ihren. Die anderen Gäste konnten nicht erkennen, was sich unter dem Tisch abspielte. Ich fuhr mit meinem Fuß über ihre Wade leicht kreisend aufwärts. Wie erotisch sich doch dieses Strümpfestreicheln anfühlte. Ich gelangte an ihre Knie. Noch hatte sie die Beine geschlossen aneinandergepresst. Doch ich zwängte mich zwischen ihre Knie und streichelte mit meinem Fuß ihre Knie und Schenkel weiter hoch. Jacqueline wurde immer nervöser. Sie blickte leicht verkrampft um sich, ob nicht doch irgendein Gast unser lustvolles Spiel mit ansehen würde. Aber keiner der anderen Gäste oder der Bedienung würdigte uns auch nur eines Blickes. Meine Zehen hatten in der Zwischenzeit den obersten Teil ihrer Schenkel erreicht. Nur ein paar Zentimeter konnten mich noch von ihrem Lustzentrum trennen. Ich spürte, dass sie an diesem Abend keine Strumpfhose, sondern zwei Strümpfe anhatte. Ich war längst am Ende der Strümpfe angelangt und spürte nun ihre blanke Haut. Dann wagte ich mich zu ihrem Innersten vor. Mutig stieß ich mit meinen Zehen leicht vor und spürte ...

So ein Luder, dachte ich mir! Jacqueline hatte an diesem Abend gar kein Höschen an. Ich konnte mit meinen Zehen gut ihr Schamhaar fühlen. Ich kraulte leicht mit meinen Zehen daran herum, dann kraulte ich leicht abwärts. Jacqueline schloss ihre Augen, atmete tief ein und aus. Ich genoss es, wie sie sich zusammenreißen musste, in diesem Lokal nicht gleich die ganze Lust aus ihrem Körper hinauszuschreien. Ich spürte wieder ihre Hitze, ihre Nässe. Ich spürte ihre Lust. Leicht stieß ich mit meinem großen Zeh nach vorne, um ein klein wenig in sie einzudringen. Jacqueline hielt verkrampft ihr Besteck mit beiden Händen fest.

„Darf es noch etwas zum Trinken sein?" Der Kellner unterbrach jäh unser Underground-Spielchen. „Nein danke", antwortete ich mit einem Lächeln. Jacqueline konnte nichts sagen. Sie hatte noch ihre Augen geschlossen und das Besteck krampfhaft umklammert. Ob der Kellner ...? Jacqueline und ich sahen uns lange und innig in die Augen. Unsere Blicke sagten dasselbe. „Ich würde nun am liebsten mit dir irgendwo allein sein!" Wir hatten wieder große Lust aufeinander! Aber wir waren hier in einem griechischen Lokal zum Abendessen. Das Essen schmeckte hervorragend, der Wein auch. Aber am besten war der Duft! Nicht der der griechischen Speisen, nein, der Liebesduft, der rings um uns aufstieg. Dieser animalische, erotische Liebesduft! Unsere Geruchssinne waren ja schon so sensibilisiert, dass wir uns gegenseitig schon von Weitem riechen konnten – besonders dann, wenn wir so erregt waren wir in diesem Augenblick. Ob auch die Kellner unsere Erregung riechen konnten, wussten wir nicht. Es war kaum möglich, dass diese, ohne ihre Sinne bewusst zu schärfen, überhaupt noch etwas riechen konnten. Aber guten Beobachtern konnten die kleinen zärtlichen Berührungen, die lustvollen Blicke und die netten Worte viel von unserer Lust verraten.

Nur gut, dass es sehr wenige Menschen gibt, die ihre Sinne derart in Übung gehalten hatten. Kaum jemand nahm von uns Notiz. Tja, das war leider unsere Gesellschaft. Kaum jemand nimmt sich mehr Zeit für sich selbst, kaum jemanden interessieren die anderen, kaum jemand kümmert sich noch um die ach so Erfolg versprechende Ästhetik.

Am nächsten Morgen trafen wir uns wieder zum Frühstück. „Heute beginnen wir mit einigen Übungen für unseren sechsten Sinn."

Wir fuhren wieder in das nahe gelegene Einkaufscenter und betraten einen großen Schuhladen. „Nun kaufen wir für dich Schuhe! Welche nehmen wir?" Jacqueline ging durch die Reihen, sah sich einige an, legte sie zurück. Sie runzelte die Stirn und blickte auf die andere Seite. Lange Zeit verbrachten wir in diesem Laden. Letztendlich hatte Jacqueline keine Schuhe gefunden. „Warum haben wir nun keine Schuhe für dich gefunden?", fragte ich sie. „Ich weiß nicht, die einen waren zu teuer. Andere wiederum sahen nett aus, als ich aber genauer nachlas, stand darauf, dass sie eine Ledersohle hätten. Darin schwitze ich so sehr. Die dunklen hätten mir gefallen, aber soviel ich weiß, hat dieselben Schuhe eine Nachbarin von mir …"

So fand Jacqueline für alles eine Ausrede. „Siehst du", unterbrach ich sie, „du hast nicht aus deinem Bauch, aus deinen inneren Gefühlen heraus gehandelt, du hast dein Gehirn dazu benützt, dir genügend Argumente zu finden, warum du etwas, das du gerne haben möchtest, nun nicht hast."

Wieder blickte mich Jacqueline verdutzt an. Ich konnte ihre Gedanken regelrecht hören: „Verdammt noch mal, du hast recht.

Warum habe ich nicht deinen Rat befolgt, warum habe ich nicht auf meine innere Stimme gehört?"

Wir fuhren wieder in die nette italienische Boutique, die sich nicht direkt in diesem Einkaufscenter befand. Gerade mal drei Minuten entfernt. „So, und nun handelst du nach deinen Gefühlen! Sieh dich um. Suche dir lässige Schuhe, die dich ansprechen, und handle nach deiner inneren Stimme!"

Gesagt, getan! Wir betraten die Boutique und gingen schnurstracks in die Abteilung, wo sich die geilsten Schuhe befanden. Jacquelines Blick streifte etwas umher, bis er auf einen ausgesprochen ausgefallenen Stiefel fiel. „Dieser gefällt mir! Den will ich haben!" Sie nahm den Stiefel vom Regal, die Größe passte. Sie probierte den Stiefel auch an. Er passte perfekt! An der Kassa war Jacqueline wieder überrascht. Sie hatte locker mit dem doppelten Preis gerechnet, den dieser Schuh dann letztendlich hatte.

„Siehst du, Jacqueline! Diesmal hast du nach deinem Bauchgefühl gehandelt und du hast perfekte Schuhe gefunden. Sie passten auf Anhieb, sie waren supergünstig. Du hast einfach die richtige Wahl getroffen, ohne auf gewisse Wenn und Aber zu achten! Verlasse dich viel mehr auf dein Bauchgefühl. Verlasse dich auf deinen sechsten Sinn!"

Ähnliche Übungen führten wir in den darauffolgenden Tagen durch. Wie einfach doch alles sein konnte! Und letztendlich traf sie auch immer die richtige Entscheidung. „Perfekt! Jacqueline, morgen werden wir wieder etwas Neues wagen. Morgen suchen wir uns einen Mann!"

Jacqueline starrte mich wieder fassungslos an …

Kapitel 12
Ein Mann muss her ...

Wie sollte es anders sein. Am nächsten Morgen war Jacqueline schon hellwach und fertig für ein neues Abenteuer, für einen neuen Schritt beim Schärfen der Sinne (na ja, eigentlich war sie nur schon scharf auf einen Mann!). Voller Aufregung öffnete sie mir die Tür. Sie war bereits fix und fertig hergerichtet, um zu starten. „Was machen wir nun? Wie gehen wir heute unsere Übung an?" Jacqueline war sichtlich nervös und aufgeregt zugleich.
„Na, nun beruhige dich erst mal. Wir gehen zuerst gemütlich frühstücken und dabei besprechen wir unsere nächste Übung." Ich schmunzelte sie entzückt an. Sie war heiß. Sie war richtig heiß auf einen Mann. Nun, da sie ihre Sinne bereits so auf Vordermann gebracht hatte, musste sie natürlich auch lernen, diese richtig einzusetzen und zu benutzen. Beim Frühstück erklärte ich ihr einige Grundregeln, um ihre Trumpfkarten auszuspielen, aber natürlich nicht alle. Sie musste schon noch einiges zurückbehalten.
„Also Jacqueline, gehe die einzelnen Sinne der Reihe nach durch. Verwende bewusst, was du gelernt hast, und setze deine weibliche Waffe, die Ästhetik der Frau, richtig ein:

Sehen

Achte auf dein Aussehen, auf dein Gesamtbild. Es muss gepflegt wirken, dein Betrachter muss merken, dass du dich und deinen Körper liebst und ihn entsprechend verwöhnst. Achte auch auf dein Auftreten, dein optisches Gesamtbild, auf dein Selbstbewusstsein. Sieh dir nur an, wie vielen Frauen es an Selbstbewusstsein fehlt: Andauernd kauen sie auf ihren Fingernägeln, zupfen an ihren Haaren rum oder fahren sich dauernd mit der Hand über die Lippen oder den Mund. Rein aus hygienischen Gründen führt dies unweigerlich zu unschönen Gesundheitsstörungen, wie Wimmerl, Entzündungen, eingerissenen Lippen usw. Aber merke dir auch: Du möchtest für deinen Betrachter hübsch wirken und er soll dich gerne ansehen wollen. Aber auch umgekehrt. Natürlich möchtest du dein Gegenüber auch gerne betrachten und optisch genießen. Bei einer Partnersuche oder bei Treffen suche dir Personen aus, die auch du gerne betrachtest. Personen, die sich pflegen, die auf ihr Gesamtbild achten, auf Personen, die sich auch um ihre eigene Optik bemühen. Wer wünscht sich schon einen übel aussehenden, bladen Partner. Wenn ein Partner überhaupt nicht (oder nicht mehr) auf sein Äußeres achtet, beleidigt oder demütigt er damit doch den anderen. Jeder Mensch soll seinem Partner zeigen, dass es ihm auch wichtig ist, sich für ihn hübsch zu machen, für seinen Partner anziehend und interessant zu bleiben.

Hören

Achte auf deine eigene Sprache und Ausdrucksweise. (Lies viel, denn damit entwickelt sich auch deine eigene Wortwahl!) Die Sprache, ja, die ersten Worte entscheiden schon, ob ein Mensch für dich interessant wirkt oder nicht. Achte stets auf bemühtes Gegenüber. Ästhetik in der Sprache kann den erotischen Bereich sehr erweitern und bereichern.

Geruch

Achte stets auf einen guten Eigengeruch. Gepflegter Atem, anregender Körpergeruch sind eine Grundvoraussetzung für eine gemeinsame, lustvolle Zeit. Vergiss nicht, dass Nikotin- und Alkoholgeruch viel an erotischer Ästhetik zerstören kann. Trinkt man gemeinsam ein Gläschen Wein, so ist dies in Ordnung. Wenn aber ein Partner sich frisch gemacht hat und der andere mit einer Bierfahne durch die Gegend wachelt, so wird kaum erotische

Freude aufkommen. Ein Kuss allein kann schon, ohne störende Nebengerüche, ein kleines erotisches Feuerwerk bedeuten. Lass auch beim Intimsein ohne Weiteres körpereigene Gerüche zu – natürlich nur angenehme und anregende Gerüche.

Berührung

Achte auf deine Berührungen, die du machst. Bei sensibilisierten Menschen führen die kleinsten, auch nur flüchtigen Berührungen zu ungeahnten Folgen. Reagiere auch sensibel auf empfangene Berührungen. Viele kleine Flüchtigkeitsklapse haben ihre Botschaft. Aber sende auch du nur eine Botschaft aus, wenn du dies auch möchtest.

Geschmack

Geschmacksekstasen können schon gemeinsam bei einem kulinarischen Meisterwerk genossen werden. Wird es aber intim, so achte auf passenden und erotischen Geschmack. Sollte jemand vor oder während der Intimitäten einen toilettischen Austritt verspüren, so achte auf ein Waschen und Säubern aller Körperstellen. Schließlich soll ein Lecken und Naschen an den Intimitäten die Lust steigern und kein uringeschmacklicher Sextöter sein.

Bauchgefühl/Intuition

Höre auf deinen Bauch und schalte das Gehirn ab! Aber nur, wenn alle anderen Sinne bereits positiv gestimmt sind.

„So, nun wärst du gewappnet für das nächste Experiment. Suchen wir uns einen Mann. Aber … Schalte das Gehirn aus. Wir suchen nicht den Märchenprinzen fürs Leben! Wir suchen nicht den optimalen Familienerhalter. Wir wollen nur einen ästhetisch-erotischen Mann, der uns heute ein paar nette Gefühle und erotische Stunden schenken soll. Wenn er sich bemüht, wird er von uns auch entsprechend verwöhnt." „Von uns …?" Jacqueline setzte wieder ihren Verblüffungsblick auf. „Na klar, hast du gedacht, du kannst einen Mann genießen und ich sehe dir dabei nur zu?" Wir schmunzelten uns gegenseitig zustimmend an. Genau das wollten wir! Einen Mann für schöne, ästhetische und erotische Stunden! Gemeinsam! „Wo, meinst du, werden wir den passenden Mann für uns finden?" Ich blickte Jacqueline prüfend an. „Außerdem – welche Art, welchen Typ Mann wollen wir? Den Draufgänger und Machotyp, den urigen, leicht verkommenen Abenteurer, den etwas hilflosen, schüchternen Bubi-Boy oder den gestylten erotischen Mann mit vielen Geheimnissen und interessanten Geschichten?"

Jacqueline überlegte kurz und antwortete: „Also folgende Männer reizen mich gar nicht: Die abgeschleckten Versicherungsvertreter und Erfolg vorgaukelnden Strukturfuzzis kann ich mir sparen. Die von sich eingenommenen, lässigen Macho-Männchen versprechen meist mehr, als dahintersteckt. Und alksüchtige Frustwuzzis, die an den städtischen Bar- und Spielbar-Theken herumlungern, können auch kaum meine erotische Fantasie anregen."

„Tja, wie du siehst, die Auswahl ist gar nicht mal so groß! Den interessantesten Männern begegnest du in alltäglichen Situationen. Keine bekannten Single-Treffs oder In-Lokale bieten dir die passende Ware von der Stange, nein, oft sind es die unüblichsten Stellen, wo ‚Mann' plötzlich auftaucht."

„Ich habe nun so viel Ästhetik von dir gelernt und meine Sinne so extrem geschärft, dass ich nun auch mit einem Mann ästhetische Erotik erleben möchte. Du kannst mich verwöhnen, eine kleine Berührung von dir bringt mich bereits in Ekstase. Wie soll dies nur ein ungeübter Mann hinbekommen?" „Nun, versuchen wir mal unser Glück!"

Den ganzen Tag durchkämmten wir Geschäfte, Lokale und Cafés, abends suchten wir sogar zwei, drei Bars auf. Aber kein ästhetisch anregender Mann war zu finden. Natürlich waren durch die Schärfung unserer Sinne auch unsere Ansprüche gestiegen. Aber wir wollten ja nicht eine sichtliche Null mit ins Zimmer nehmen.

Schließlich brachen wir spät abends unsere Suche nach einem Mann ab und fuhren zurück in unser Schloss. An der Schlossbar gönnten wir uns noch zwei Gläschen Rotwein und scherzten lautstark über das Überangebot an Versagern, Gestrandeten und unreifen Milchgesichtern. Doch schräg gegenüber saß ein Mann, gestylt, männlich, mit immenser Ausstrahlung. Er nippte an seinem Glas und dürfte sich von einem anstrengenden Arbeitstag erholt haben. Sein Blick streifte plötzlich an uns vorbei.

Jacqueline und ich sahen uns in diesem Augenblick an und wussten: Wir haben unser Opfer gefunden. „Wie stellen wir unser Abenteuer nun an?", fragte sie etwas unsicher. Ich hatte plötzlich einen glänzenden Einfall. „Warte, ich bin gleich zurück." Von der Rezeption holte ich mir einen zweiten Zimmerschlüssel zu unserer Suite. Dann flüsterte ich ihr unseren Plan ins Ohr.

Jacqueline stand nun auf und verließ die Schlossbar. Dabei musste sie an unserem Opfer vorbeigehen. Als sie seine Höhe erreicht hatte, streifte sie mit ihrer Hand zärtlich über seine Schulter, lächelte ihn an und verließ die Bar. Der Mann blickte verblüfft mit offenem Mund Jacqueline nach. Ganz konnte er die Situation nicht einschätzen. Ach, wie schön war es doch, Männer so richtig zu verwirren. Kaum hatte Jacqueline die Bar verlassen, stand ich auf und ging auch auf den Mann zu. Auch ich streichelte liebvoll über seine Schulter, ließ den zweiten Schlüssel zu unserer Suite vor ihm auf die Theke fallen, lächelte ihm zu und verließ die Bar.

Vor unserer Suite wartete schon Jacqueline. Als wir uns trafen, brachen wir wieder in schallendes Gelächter aus. „Wird unser Köder anbeißen?", fragte sie. „Warte nur ab, welcher Mann kann so einer Einladung widerstehen?" Wir hatten uns beide für heute ja besonders hübsch und aufregend angezogen. In unserer Suite öffneten wir eine Flasche Wein und warteten ungeduldig. „Er wird doch nicht kneifen?", auch ich wurde schon langsam unsicher.

Als es plötzlich an der Tür klopfte. Wir spürten, wie unsere Herzen stärker schlugen, wie aufregend diese Situation doch war. Es klopfte abermals. Wir öffneten beide die Tür und davor stand ein etwas verwirrter, aber irrsinnig gut aussehender und Lust versprechender Mann. Er stammelte nur: „Sorry, aber Ihr Schlüssel ..." Zu mehr Worten kam er nicht mehr. Wir packten beide unser Opfer, zogen ihn zu uns ins Zimmer und schmiegten uns an ihn.

Erst küsste ich ihn und drückte mich von vorne fest an ihn (und sein bestes Stück, das bereits gut zu spüren war). Jacqueline schmiegte sich von hinten an ihn ran und genoss sein knackiges Hinterteil. Der Mann roch gut. Sehr gute Wahl seines Parfums und auch ein leichter abgekämpfter Schweißgeruch war zu spüren, aber nur sehr fein. Gerade richtig, um geil zu werden. Ich schmiegte mich nun seitlich herum, um auch sein Hinterteil zu spüren, und Jacqueline drückte sich von der anderen Seite an sein bestes Stück. Nun küsste sie unser Opfer heiß und begehrlich.

Langsam begannen wir nun, unser Opfer auszuziehen, und wir ergänzten uns dabei recht gut. Jacqueline knöpfte das Hemd auf der Vorderseite und an den Ärmeln auf, ich zog es ihm von hinten über seinen Rücken. Dann öffnete ich mit meinen Händen seinen Gürtel und Jacqueline zog ihm langsam, nach männlicher Ästhetik verrückt, seine Hose hinunter. Schon strömte uns der geile Duft seines Schwanzes entgegen. Wir packten unser Opfer vollständig aus und küssten, lutschen und leckten ihn am ganzen Körper. Er schmeckte gut, er roch gut und er verstand es auch, uns passend und mit Stil zu berühren.

Sein Schwanz stand steil aufgerichtet uns entgegen. Sein knackiger Arsch war einfach himmlisch. Abwechselnd lutschten und saugten wir nun an seinem besten Stück, das immer fester, größer und bedrohlicher wurde. Nur ja nicht explodieren, wir wollen noch etwas länger von dir was haben. Wir ließen ihn sich wieder etwas erholen und führten ihn zum Bett. Wir hatten beide unsere Blusen ausgezogen und unsere sichtlich erregten Brüste sehnten sich nach seinen Berührungen. Unsere Strümpfe und unsere Höschen ließen wir an. Schließlich sollte er doch auch seine beiden Geschenke etwas auspacken dürfen. Nun kam er erst so richtig in Fahrt. Er streichelte, küsste und roch an unseren Beinen. Massierte unsere Schenkel, unsere Hinterteile, streichelte uns in höhere Sphären. Ja, er verstand sein Handwerk. Jede Berührung, jeder Kuss, jeder Zungenschlag saß! Auf unseren sechsten Sinn konnten wir uns verlassen! Dies war eindeutig die richtige Wahl gewesen. Das lange Warten hatte sich gelohnt. Doch kaum hatte er seine aktive Rolle im Liebesspiel übernommen, da stießen wir ihn zurück. Wir zwangen ihn zu etwas Passivität. Schließlich wollten wir ja unser Spielzeug richtig auskosten. Wir drückten ihn wieder mit dem Rücken aufs Bett. Während Jacqueline seine Lippen, seine Brust und seine starken Hände vernaschte, setzte ich mich auf sein bestes Stück. Ich ließ es in mich hineingleiten und ritt einen erotisch-ästhetischen Liebesgalopp. Unser Opfer wollte sich aufbäumen, doch Jacqueline drückte ihn zurück. Sie setzte sich rittlings auf ihn und reckte ihm ihr Hinterteil samt Lustgrotte vors Gesicht. Dies trieb ihn zu neuen Lüsten empor. Ich spürte, dass sein bestes Stück immer stärker und dicker wurde.

Der Fremde liebkoste nun voll Euphorie das Hinterteil, das sich ihm anbot. Er tastete, er knetete, er roch, er leckte – auch seine Sinne dürften alle gut geschärft sein. Man konnte ihm seinen Genuss am Dargebotenen sichtlich anmerken. Jacqueline genoss es, dass ihre Liebesgrotte nun verwöhnt wurde. Wir beide saßen nun Auge in Auge auf unserem Opfer und genossen ihn. Dann beugten wir uns vor, umarmten uns, streichelten unsere Brüste und küssten uns. Wir hatten nun genügend Platz, um uns zu berühren und unsere Zungen spielen zu lassen, gleichzeitig konnten wir unseren Sexsklaven genießen.

Ich stieg von dem aufgegeilten Schwanz runter und machte für Jacqueline Platz. Sie bückte sich mit gespreizten Beinen auf ihn und ließ seinen Penis ganz langsam Stück für Stück in sich hineingleiten. Sie stöhnte laut, sie musste schon innerlich ausgehungert sein. So lange Zeit ohne Schwanz – und nun endlich, endlich hatte sie wieder einen zwischen ihren Beinen. Sie setzte sich nun mit einem Ruck gerade auf, sodass das Glied vollständig in ihrer Lustgrotte verschwand. Jacqueline rekelte sich genüsslich, sie stöhnte immer lauter und wiegte sich im Rhythmus. Erst langsam, dann immer schneller und schneller, bis sie mit einem lauten Aufschrei beinahe ihre Besinnung verlor. Endlich wieder ein Orgasmus, endlich wieder mal ein Stück aufreizender Schwanz in ihr.

Jacqueline stieg von ihrem Pferd und wir beide leckten nun den bis zum Zerreißen angespannten Schwanz. Mit unseren Zungen umspielten wir die Eichel, einmal flutschte der Schwanz in ihren Mund, einmal in meinem. Immer schneller wurden unsere Bewegungen und wir saugten auch immer mehr daran. Plötzlich wurde dieser aufgegeilte Penis noch etwas praller und größer und mit einem lauten Aufschrei spritzte der Fremde plötzlich seinen heißen Liebessaft in unsere Gesichter. Wir saugten etwas davon auf, wir leckten noch ein paar Mal den mit warmem Sperma überzogenen Schwanz und schmiegten uns zufrieden aneinander.

Befriedigt und glücklich schliefen wir – also Jacqueline und ich – uns einander umarmend ein. Auf unser Opfer hatten wir in der Zwischenzeit schon vergessen. Aber der war ohnehin schon voller Erschöpfung eingeschlafen.

Als wir beide wieder die Augen aufschlugen, war der Fremde bereits verschwunden. Wie hieß er eigentlich? Jacqueline und ich mussten laut auflachen. Vor lauter Gier nach ästhetischem Sex hatten wir gar nicht nach dem Namen unseres Opfers gefragt. Aber war das in diesem Augenblick nicht egal? Nur ein zerknittertes Leintuch und ein feuchter Fleck darauf erinnerten noch an unseren Gast. Am Fußende des Bettes aber entdeckten wir plötzlich zwei kleine Rosen. „Na, Stil hat unser Opfer! Das muss man ihm lassen. Solche Männer findet man selten."

Wir schmiegten uns wieder aneinander und streichelten uns liebevoll zärtlich über die Haut. Lange krabbelten wir uns über den Rücken, über die Arme, über die Brüste und übers Gesicht. Auf unseren sechsten Sinn war nun auch Verlass! Somit konnten wir zufrieden einschlafen und eine unserer letzten Nächte genießen.

Kapitel 13
Der 7. Sinn – Lebe mit Fantasie!

„Wenn du nun glaubst, wir hätten alle Sinne durchgemacht, so hast du dich getäuscht, liebe Jacqueline. Einen, den siebenten Sinn, müssen wir auch noch etwas schärfen und ins rechte Licht rücken." Wir saßen wieder bei unserem Frühstück im Schloss. Ich nippte an meinem Espresso Macchiato und eröffnete Jacqueline unsere Pläne für die nächsten Tage. Jacqueline starrte mich wieder einmal verblüfft an. „Es gibt noch einen siebenten Sinn? Sag mal, welche Überraschungen hast du noch für mich bereit?"

„Der siebente Sinn ist unsere Fantasie! Beim sechsten Sinn haben wir unsere innere Stimme, unsere Intuition trainiert. Dabei ging es um reale Dinge. Beim siebenten Sinn, der Fantasie, geht es um irreale Dinge. Wie soll ich dir das am besten erklären? Du hast bestimmt schon davon gehört, vom positiven Denken oder von dem Erfolgsrezept ‚Du musst dir ein Ziel vor Augen führen'.

Das alles ist schon richtig. Wenn du ein positiver Mensch bist, mit positiven Einstellungen, mit positiven Gedanken, dann wird sich vieles in der Zukunft positiv entwickeln. Oder nimm das Gegenteil davon: Negativdenker und Menschen, die stets Angst vor etwas haben, die stets nur das Schlechte und Böse in allem sehen, werden auch nur das Negative, das Schlechte, das Böse ernten. Es gibt eine Negativspirale, aber ebenso gibt es eine Positivspirale. Und du allein kannst entscheiden, welchen Weg du gehen möchtest. Um es einfacher auszudrücken: Habe stets positive Gedanken. Hege positive Fantasie, positive Geschichten. Dann wird dir auch viel Positives widerfahren und viele Dinge werden dann so eintreten, wie du es dir im Voraus wünschst. Daher musst du lernen, deine Fantasie zu beflügeln. Übe dein Gedächtnis, indem du öfters fantastische Gedanken, ja, sogar fantastische Geschichten in deinem Kopf erlebst.

Wie leicht kannst du dir eine nette Geschichte in deinem Kopf ausmalen, aus einer realen Situation heraus?" Ich sah Jacqueline fragend an. Sie überlegte kurz und antwortete: „Das kann ich so einfach nicht sagen. Schließlich hatte ich dafür kaum Zeit ..." „Siehst du, auch dafür muss Zeit sein. Machen wir ein Beispiel. Du siehst dort am Frühstückstisch beim Fenster zwei hübsche Männer ihren Kaffee trinken. Wie wäre es, wenn du diese beiden Männer nun verführen würdest?" Jacqueline sah mich wieder mal verblüfft an (inzwischen kenne ich ihren Verblüffungsblick nur allzu gut). „Erzähle mir jetzt spontan eine erfundene Geschichte, lass deiner Fantasie freien Lauf und starte deine Story mit der Realität, mit den beiden Männern am anderen Tisch." Jacqueline überlegte kurz, dann lächelte sie schelmisch und begann ihre fantasievolle Geschichte:

„Ich hatte nun tagelang schon keinen Sex mehr. Ich war ausgehungert und nun sehe ich endlich zwei gut aussehende Männer. Endlich! Frische Beute! Ich stehe auf und gehe zu meinen zwei Jungs hin. ‚Hallo ihr beiden, habt ihr heute schon was vor? Ich wäre so richtig scharf auf euch!' Die beiden Männer blickten sich verdutzt an, setzten dann aber ein Lächeln auf und antworteten: ‚Nein, eigentlich sind wir auf Geschäftsreise und haben heute unseren freien Tag.'

Ich ging um meine beiden Opfer herum, nein, ich umkreiste sie. Ich zog bereits die Schlinge immer enger, ohne dass es die Jungs merkten. Die beiden hatten ihre Blicke fest auf mich gerichtet. Sie konnten ihr Glück kaum fassen, dass sie eine Frau auf so einfache und leichte Weise ‚erobern' würden. (Was hieß hier erobern, wenn ich nicht wollte, ging da gar nichts.) ‚Wenn ihr mich an der Theke auf ein Gläschen Wein einladet, lade ich euch später auf ein Gläschen Wein in meinem Zimmer ein.'

Ich zwinkerte beiden frech zu. Wie von der Tarantel gestochen schossen beide plötzlich aus ihren Stühlen in die Höhe und machten sich mit mir auf den Weg in Richtung Schlossbar. Es folgte der unwichtige Teil: Vorstellung, Zuprosten und (von den Männern) verlegener Small Talk. Sie waren sichtlich nervös. Na, dann wollte ich es den beiden Boys nicht so schwer machen. Ich leerte mein Gläschen mit einem Schluck, nahm meinen Schlüssel in die Hand und sprach auffordernd:

‚Na, dann wollen wir mal. Auf geht's in mein Zimmer – und dass ihr euch wohl recht bemüht!' Die beiden starrten sich verblüfft an und folgten mir wie zwei Schuljungs, die endlich eine Frau flachlegen konnten.

Wir betraten meine Suite. Anfangs standen die beiden Männer noch etwas schüchtern rum und wussten nicht so recht, wie ihnen geschah. Als ich aber den Ersten an der Krawatte an mich heranzog und ihn küsste, wurden die beiden schon etwas lockerer. Sie hatten mich im Nu ausgezogen und rissen sich selbst ihre Kleider rasch vom Körper. Steil standen ihre Luststäbe mir entgegen. Herrlich, gleich zwei Stück davon. Ich fasste beide an den Schwanz und massierte sie gleichzeitig ein wenig. Während der eine mich intensiv küsste, streichelte der andere meine Brüste und liebkoste sie.

Die beiden Mannen kamen immer mehr in Fahrt. Sie wurden etwas rauer und männlicher. Einer setzte sich aufs Sofa. Seinen Schwanz hielt ich immer noch fest in meiner Hand. Dann beugte ich mich zwischen seine Beine und saugte an seinem Lümmel. Währenddessen platzierte sich der Zweite vor meinem Hinterteil und drang mit einem wuchtigen Hieb von hinten in meine Lustgrotte. Ich war feucht und nass, sodass das Eindringen überhaupt kein Problem darstellte. Ein feuchter Schwups und schon steckte sein Schwanz in mir. Seine Stöße wurden immer schneller und fester, das machte mich richtig heiß.

Ich wiederum saugte immer stärker am zweiten Schwanz. Dieser wuchs immer mehr in meiner Hand und in meinem Mund. Nach einiger Zeit wechselten die beiden die Positionen. Mich geilte diese Situation sehr auf. Ich genoss die Stöße von hinten und ich genoss den Schwanz vor mir. Unser Gestöhne wurde immer lauter, die beiden Männer stöhnten wie wilde Tiere und stürzten sich auf mich. Sie warfen mich aufs Bett. Dann bestieg mich wieder der eine und stieß wild drauflos, während der andere mir seinen Schwanz in den Mund steckte. So begann ein wilder Betttanz, unsere Lust spitzte sich zu, das

Gestöhne wurde immer lauter, wir fielen in Ekstase und trieben es immer bunter. Bis wir endlich alle drei gemeinsam unseren Höhepunkt erreichten. Mich durchflutete es im ganzen Körper, mich schüttelte es, Hitze stieg in mir hoch und ich stöhnte und krallte mich am Bettlaken fest. Ich wurde fast ohnmächtig. Um mich konnte ich nur zwei abspritzende Schwänze wahrnehmen. Der Samen schoss durch die Luft und landete in meinem Gesicht, auf meiner Brust, auf meinem Bauch. Ich war übergossen mit warmem Sperma. Ich leckte mir über die Lippen und erreichte etwas vom warmen Sperma. Hmm, das schmeckte wunderbar. Ich streichelte mir über die Brust und verteilte etwas vom warmen Liebessaft. Ich war befriedigt wie schon lange nicht mehr.

Zwei dampfende, schwitzende Männerkörper lagen einer links, einer rechts von mir. Ihre Schwänze hatten wieder beachtlich an Größe und Steifheit verloren. Aber sie wirkten immer noch sehr erogen. Ich nahm nun wieder beide in die Hände und massierte leicht daran. Zu meiner Überraschung stellten sie sich rasch wieder auf. Lustvoll standen sie von den Körpern auf, ganz steif und starr. Na so was! Habt ihr denn noch nicht genug? Ich lutschte mal beim einen, dann beim anderen, massierte beide noch etwas und schon merkte ich, dass die beiden Lümmel wieder mächtig anschwollen, sie wurden immer praller und schienen wieder fast zu platzen.

Plötzlich entlud sich der eine, Sperma schoss wieder entgegen. Beim Zweiten musste ich noch etwas daran saugen, bis auch dieser wieder abspritzte und ich das ganze Sperma in den Mund bekam. Ich schluckte den Großteil hinunter, behielt aber etwas im Mund, um mich am Geschmack des warmen Lebenssaftes zu erfreuen.

Danach stand ich auf, nahm die Kleidung der beiden, warf diese zu ihnen aufs Bett und sagte nur kurz: ‚Danke Jungs, ihr wart gut. Ihr müsst jetzt aber gehen, denn ich bekomme bald Besuch!'

Die beiden starrten sich kurz an, sprangen plötzlich hoch, zogen sich ihre Kleidung über und huschten aus der Suite. Vielleicht hatten sie Angst, dass ein eifersüchtiger, wilder Ehemann plötzlich an der Tür stehen könnte."

Jacqueline war nun mit ihrer Fantasie-Geschichte fertig. Zufrieden mit sich selbst blickte sie mich fragend an.

„Gut gemacht, Jacqueline. Du kommst ja schon richtig in Fahrt. Ich schätze, das Schärfen deiner Sinne hat bereits die besten Spuren hinterlassen. Auch deine Fantasie scheint schon tadellos in Schwung zu sein." Ich lächelte und blickte kurz rüber an den Tisch, wo eben die beiden Männer aufstanden und gingen. „Na, wenn die wüssten, für welch erotische Fantasiegeschichte sie eben herhalten mussten." Jacqueline und ich blickten uns kurz an und mussten wieder laut auflachen.

Öfters dachten wir uns in den folgenden Tagen bei den unterschiedlichsten Situationen ähnlich erotisch-ästhetische Geschichten aus. Wir amüsierten uns köstlich damit. „Du musst diese Fantasie, diese Wunschgedanken auch für alltägliche Dinge anwenden. Zum Beispiel bei einer Jobsuche oder für das Erreichen eines bestimmten Zieles, das du dir einmal setzt. Denke positiv! Denke dir eine Geschichte, in der du das bereits erreicht hast, was du erreichen möchtest. Du wirst erkennen, dass vieles auch so oder ähnlich eintritt, wie du es dir gewünscht oder vorgestellt hast."

Kapitel 14
Die Zeit danach ...

Dies war nun auch der Zeitpunkt, an dem unsere Zeit im Schloss vorüber war. Es waren schöne und erregende Monate gewesen. Es war nun aber an der Zeit, dass Jacqueline sich in der Welt draußen allein bewähren musste. Das Rüstzeug dafür hatte sie nun.

„Tja, Jacqueline, wir sind nun am Ende deiner Ausbildung angelangt. Wir haben alle deine Sinne geschärft und sensibilisiert. Nun musst du lernen, dich im Alltag damit zurechtzufinden. Du musst den Einsatz deiner weiblichen Waffe genau dosieren und bewusst einsetzen! Ästhetik ist die größte und wirkungsvollste Waffe, die Frauen besitzen!"

Traurig blickte mich Jacqueline beim Frühstück an. Ihre Augen wurden leicht feucht, und hätte ich weiter über Änderung, Trennung oder Ähnliches gesprochen, hätte sie bestimmt laut losgeheult. Aber ich gab ihr noch einige wichtige Ratschläge mit auf den Weg:

„Wir müssen lernen, unserem Körper zu vertrauen. Wir müssen aber auch lernen, auf unseren Körper zu hören. Gegen viele Dinge, die nicht gut für uns sind, wehrt sich unser Körper. Er gibt uns Anzeichen dafür, dass das eine oder andere für uns schädlich ist. Aber dieses Ignorieren von Hilferufen aus dem Körper ist schuld an vielen Krankheiten, an viel Leid, an vielen Problemen. Der menschliche Körper ist eine hoch komplizierte Maschine. Der eigene Körper besitzt Selbstheilkräfte, das heißt, dass er unter normalen Umständen auch gegen Krankheiten entsprechende Heilkräfte besitzt. Wir müssen diese nur nutzen."

Jacqueline fragte mich mit noch immer feuchten Augen: „Du meinst, weg mit den Medikamenten, Tropferln und Tabletten?"

„Ja, so gut es geht. Bist du krank oder hast du die Grippe, dann gönne deinem Körper Zeit für die Erholung. Verwende die guten alten Hausmittel, die auch schon unsere Urgroßmütter verwendet haben. Hinlegen, Tee trinken und das Fieber hinausschwitzen! Natürlich, bei akuten Notfällen bleibt einem nichts anderes übrig, als sich der klassischen Medizin und den Pharmaprodukten hinzugeben, aber schluck nicht gleich beim leichtesten Anzeichen von Kopfschmerzen sofort eine Tablette. Oft sind Schmerzen oder gewisse unwohle Gefühle ein Anzeichen des Körpers, dass irgendetwas nicht stimmt. Zum Beispiel können Kopfschmerzen auftreten, weil jemand viel zu wenig Flüssigkeit (und damit meine ich Wasser) zu sich nimmt."

„Verwende natürliche Schmiermittel, wie eine Ringelblumensalbe oder Ähnliches. Nütze die vielseitig verwendbare Heilkraft von Kräutern und Tees. Das alles sind Hilfsmittel, die auch genau die Ursache bekämpfen. Tabletten, Tropfen oder die diversen Spritzen bekämpfen meist nicht die Ursache, sondern täuschen dich und deinen Körper. Sie lassen einfach die – meist schmerzhaften – Anzeichen von Krankheiten, Schwächen oder Mängeln verschwinden. Die Schmerzen verschwinden schnell, aber die jeweiligen Medikamente heilen nicht, sondern unterdrücken nur den Schmerz."

Begeistert fiel mir Jacqueline ins Wort. „Ja, ich schwöre auch auf die Alternativmedizin. Ich habe mal gelesen, wie lange ein Körper braucht, um beispielsweise Morphiumtabletten, Antibiotika oder sonstige kräftige Schmerztabletten wieder abzubauen. Das dauert Jahre, bis das ganze Gift in deinem Körper wieder abgebaut und ausgeschieden wurde." „Ja, also achte nicht nur auf das Äußere deines Körpers, sondern auch auf seine Gesundheit, auf seine inneren Hilferufe!

Achte auf den richtigen Einsatz der Ästhetik. Deine Sinne sind nun so geschärft, dass du wesentlich mehr wahrnehmen wirst als die meisten anderen Menschen. Du wirst erkennen, dass die Welt draußen ganz anders tickt. Du darfst die Menschheit mit deiner Ästhetik nicht überfordern. Du musst vorsichtig sein, damit deine Ästhetik von anderen Personen nicht falsch verstanden wird." „Was kann ich denn falsch machen?" Jacqueline sah mich fragend an.

„Nun, du wirst die Welt und deine Mitmenschen viel kritischer betrachten. Du wirst viele Dinge erleben, viele Dinge erkennen und vieles spüren, was die meisten anderen Menschen nicht wahrnehmen können. Deren Sinne sind leider schon so abgestumpft, dass sie kaum mehr etwas Ästhetik aufnehmen oder empfinden können."

„Ja, wenn ich nur an mich selbst denke, bevor ich dich kennengelernt habe. Ich war in meiner Welt ohne Sinnesfreuden gefangen. Ich befand mich in einer Abwärtsspirale, in der ich mich selbst immer weiter und weiter nach unten getrieben hatte."

Ich sah Jacqueline liebevoll an und musste auch an unsere Anfangszeiten im Café, an unser tollpatschiges Kennenlernen denken. Es entlockte mir ein Schmunzeln, aber innerlich überkam mich auch etwas Traurigkeit. Wie würde es nur weitergehen? Ich hatte mich schon so an meine Schülerin gewöhnt, ich hatte mich schon so in meine Schülerin verliebt. Meine Augen wurden plötzlich etwas feucht.

Auch Jacquelines Augen waren plötzlich wieder voller Tränen. Sie kam zu mir, umarmte mich ganz fest und drückte mir einen innigen Kuss auf meine Lippen.

„Wir werden nie auseinandergehen! Wir werden uns immer wieder treffen und viele gemeinsame, schöne Stunden erleben! Auch nach unserer Zeit im Schloss."

Unsere Augen füllten sich immer mehr mit Tränen, am liebsten hätten wir wahrscheinlich laut losgeheult. So drückten wir uns einfach fest aneinander und versteckten unsere Tränen im Nacken unter den Haaren der anderen. „Ich habe für dich noch einige wichtige Ratschläge", versuchte ich, die Situation wieder halbwegs in den Griff zu bekommen.

„Einige Regeln, die für dich persönlich sehr wichtig sind:

1. Höre auf deinen Körper und verhalte dich danach.
2. Tue das, was du gern tun möchtest und was dir guttut.
3. Sei etwas egoistisch und gönne dir und deinem Körper Gutes.
4. Spontane Entscheidungen erweisen sich später meist als richtig.
5. Vertraue auf dich und vertraue deinen eigenen Fähigkeiten. Du bist einzigartig!"

„Claudia, ich hätte da ein Anliegen, spontan aus dem Bauch heraus entschieden!" „Und das wäre?", ich sah Jacqueline verblüfft an. Hatte sie dies so schnell begriffen? „Dies ist die letzte Nacht im Schloss und ich würde mir wünschen, dass du diese Nacht hier in meiner Suite gemeinsam mit mir verbringst ..." Sie hatte begriffen! Erstmals dürfte mir nun wieder etwas Farbe ins Gesicht geschossen sein, mir wurde richtig heiß. „Ja, gerne. Das mache ich doch gerne. Ich freue mich schon drauf." Wir heulten beide wieder los. Ach, was waren wir doch für Memmen! Aber wir heulten vor lauter Glück! Wir waren so dankbar für die schöne Zeit, die wir gemeinsam erleben durften. Und wer weiß, vielleicht erlebten wir unsere schönen Stunden auch in Zukunft noch sehr lange.

So verbrachten wir unsere letzte gemeinsame Nacht im Schloss. Und was für eine Nacht! Wir ließen allen unseren Sinnen freien Lauf. Eine Nacht voller Ästhetik, eine Nacht voller Ekstasen, eine Nacht voller Orgasmen. Jacqueline war eine gelehrige Schülerin, die nun schon beinahe ihre Meisterin überbot. In dieser Nacht kamen wir nicht viel zum Schlafen. Wir genossen uns, wir ergötzten uns aneinander, ja, wir liebten uns!

Kapital 15
Und noch ein Päckchen ...

Es war wieder ein wundervoller Morgen. Ich streckte mich in meinem Bett genüsslich durch. Die Sonne blinzelte durchs Dachflächenfenster und die Vögel zwitscherten lauter als je zuvor. Ich kuschelte mich wieder in die warme Decke und musste an die schöne Zeit mit Jacqueline denken, an die verdammt schöne Zeit der letzten Monate. An die vielen erotischen, ästhetischen Abenteuer, die wir uns gegenseitig geschenkt hatten.

Wie sehr hatte sich Jacqueline gewandelt. Von der kleinen Frühstücks-Chaotin bis zur ästhetischen Erscheinung einer wundervollen Frau. Wie sehr hatte ich die letzten Monate gemeinsam mit ihr genossen. Wie sehr hatte ich mich schon an unsere Zärtlichkeiten und Berührungen gewöhnt. Ich konnte mir ein Leben ohne sie fast gar nicht mehr vorstellen.

Jacqueline hatte nun seit einiger Zeit einen Job. Durch ihre Wandlung zur ästhetischen Frau war sie plötzlich gefragter denn je. Sie bekam innerhalb kürzester Zeit gleich drei Jobangebote. Eines interessanter als das andere. Letztendlich entschied sie sich für das Angebot, Sekretärin der Geschäftsführung in einem Betrieb für Fotovoltaikanlagen zu werden. Sicherlich eine Branche mit Zukunft.

Trotz Job und vielen Terminen trafen wir uns regelmäßig drei- bis viermal die Woche. Wir gönnten uns etwas Auszeit und genossen unsere Berührungen und unser Zusammensein. Wir telefonierten fast täglich. Ja, ich hing sehr an ihr. Ich glaube, ich hatte mich richtig in sie verliebt. Ich konnte mir ein Leben ohne sie gar nicht mehr vorstellen. Was würde sie sagen, wenn ich sie fragte, ob sie mit mir zusammenziehe? Je mehr ich über meinen Vorschlag des Zusammenziehens nachdachte, umso aufgeregter wurde ich. Dann könnten wir jeden Tag zusammen sein, wir könnten jeden Tag gemeinsam einschlafen und jeden Tag gemeinsam aufstehen. Was wäre das für ein schönes Leben! Jeden Tag umgeben von Ästhetik, jeden Tag umgeben von ästhetischer Erotik.

Ich war voller Euphorie in meinem Bett aufgesprungen und überlegte, welche Worte ich wählen sollte. Ein kleines Geschenk? Sollte ich ihr ein kleines Geschenk machen? Natürlich. Am passendsten wäre ein Ring. Ja, ein hübscher, feiner, ästhetischer Ring. Ich konnte Jacquelines verblüfftes Gesicht schon vor mir sehen. Ein Ring und dann noch zusammenziehen ... Ich schätzte, dass würde ihr im ersten Moment die Puste nehmen. Aber sie würde sich sicherlich freuen, ich glaubte, sie würde vor lauter Glück anfangen zu weinen.

Auch ich spürte in diesem Augenblick, dass meine Augen feucht wurden. Der Gedanke, dass Jacqueline vor lauter Glück ihre Tränen nicht halten könnte, rührte mich.

Ich würde ein erotisches Abendessen vorbereiten mit dem besten Wein. (Unser gemeinsames Weinseminar hatte gute Dienste geleistet.) Einer unserer Lieblingsweine war der italienische Brunello di Montalcino, ein Rotwein erster Klasse aus der Toskana!

Ich war sichtlich aufgeregt wegen meines Gedankens, Jacqueline unser Zusammenziehen vorzuschlagen. Daran, weiter im Bett zu liegen, war nicht mehr zu denken! Ich erledigte rasch meine Morgentoilette, zog mich an und schlürfte noch nebenher schnell einen Frühstückskaffee. Ich musste unbedingt den Ring besorgen. Einen kleinen Silberring mit einem hübschen Steinchen. Welcher Stein passte denn gut zu ihrer Augenfarbe? Was hatte sie überhaupt für eine Augenfarbe – natürlich, ein verführerisches Dunkelbraun. Jacqueline war generell ein etwas mediterraner Typ. Eher dunklere Haut, wunderschöne, dunkle Haare (ja, auch die Schambehaarung war wunderschön dunkel) – das machte diese Frau so erotisch rassig.

Schnell tippselte ich eine SMS an Jacqueline in mein Handy: „Nimm dir heute Abend nichts vor – große Überraschung! Es gibt auch etwas zu essen!" Ich fuhr ins nahe gelegene Einkaufscenter und überlegte, welchen der drei Juweliere ich aufsuchen sollte. Eigentlich hasste ich diese Einkaufscenter. Viele meiner

Freunde und Bekannten hassten sie. Aber warum liefen dennoch alle dorthin? Warum sollte ich mein Geld in diese Einkaufscenter tragen? Die kleinen, liebevoll gestalteten Innenstadtgeschäfte kämpften ums Überleben, aber der ganze ferngesteuerte Bevölkerungswahnsinn pilgerte in die neuen Einkaufs-Stätten. In den Stadt- oder Ortskernen hatte der Kunde wesentlich mehr Flair beim Einkaufen. In den Innenstadtgeschäften bemühten sich die Verkäufer noch um ihre Kunden. Wie nett war es früher, als ich noch ein Kind war. Da gab es das große Einkaufscenter noch nicht. Nach dem Schulunterricht trafen wir Schüler uns in der Stadt, gingen dort unsere Runden, bummelten etwas in den Geschäften und trafen uns letztendlich in einem netten Café zum Quatschen. Da war Leben in der Stadt.

Aber heute? Manche leer stehenden Geschäftslokale, ja, sogar ganze ehemalige Einkaufsgassen waren total heruntergekommen. Der Putz bröckelte von allen Seiten. Die Auslagenscheiben waren meist zugeklebt mit weißem Papier. Einige wenige, ewig kämpfende Don Quijotes standen vor ihren liebevoll dekorierten Geschäften und warteten auf Kundschaft. Doch außer ein paar alten Damen, die auf dem Weg zum täglichen Arztbesuch waren, spielte sich nicht allzu viel ab.

Aber wen wunderte dies? Ich hatte früher mal ein kleines Geschäft mit Bambusmöbeln und Kunsthandwerk aus aller Welt. Als das Einkaufszentrum die erste Ausbaustufe hinter sich hatte, fiel schon ein Großteil der Laufkundschaft weg. So halbierte sich mein Geschäftsumsatz von Jahr zu Jahr. Immer mehr Geschäfte und Betriebe verließen die Stadt und zogen entweder ins neue Einkaufszentrum oder in deren Umfeld. Mein Versuch, den anderen Gewerbetreibenden, den Stadtbewohnern und den Einheimischen beizubringen, dass wir alle in der Stadt zusammenhalten müssten, dass wir gegenseitig bei uns einkaufen und so unseren Job absichern sollten, all diese Versuche scheiterten. Machtspielchen, Eifersüchteleien und Kindereien waren der Grund. Somit standen wir nun in einer von vielen Städten in diesem größeren Einzugsgebiet, die langsam aussterben. Doch nun wollte ich wieder einen kleinen Versuch, die Innenstadt zu retten, starten und brach mein

Einkaufsvorhaben im Einkaufscenter ab. Ich fuhr in die Stadt und suchte dort einen der noch zwei überlebenden Juweliere auf. Meine Augen leuchteten beim Anblick der vielen Ringe. Welcher würde Jacqueline wohl am besten gefallen? Ich verließ mich wieder auf meinen sechsten Sinn und ließ meinen Blick über die vielen Ringe schweifen. Plötzlich blieb mein Blick an einem kleinen, hübschen Silberring mit einem kleinen Bergkristall haften. Voilà, unser Ring war gefunden! Der Juwelier verpackte mir den Ring hübsch in eine kleine Schachtel. Glückselig huschte ich mit dem Schmuckstück in der Tasche auf die Straße hinaus und überlegte, welches Rezept für heute Abend passen würde.

Sushi! Jawohl, das war eine super Idee. Wir beide liebten Sushi. Wann immer wir einen besonderen Anlass zum Feiern hatten und ein besonderes Essen oder ein besonderes Lokal suchten, landeten wir stets bei einem Japaner oder einem Running-Sushi-Lokal. Das war jedes Mal ein Schlemmer-Festessen! Beim Gedanken an die einzelnen Makis, Sushis und Sushimis lief mir bereits das Wasser im Munde zusammen. Wichtig war nur, dass ich auch richtig frischen Fisch im Supermarkt bekam. Also frischen Lachs, Butterfisch und Thunfisch. Ach ja, und Garnelen! Das würde ein Festessen!

Ich schwebte bereits durch die Straßen. Das sollte heute auch ein unvergesslicher Abend für uns beide sein! Ich blickte auf die Uhr: Es war kurz nach 11 Uhr. Komisch, warum hatte sich Jacqueline noch nicht gemeldet? Na, vielleicht konnte sie während ihrer Arbeit schwer telefonieren. Ich schickte ihr noch eine SMS: „Ich freue mich schon auf heute Abend, es gibt unser Lieblingsgericht ..." Mehr brauchte ich nicht zu schreiben. Jacqueline musste sofort wissen, worum es sich dabei handelte.

Es war aber noch genügend Zeit, bis ich mit meinen Vorbereitungen anfangen musste, also gönnte ich mir noch einen Kaffee – natürlich einen Espresso Macchiato! Anschließend huschte ich durch verschiedene Geschäfte, kaufte diverse Lebensmittel für den Abend. Und natürlich den frischesten Fisch, den es gab! Für unser Sushi konnte ich wunderbare Lachsfilets und Filets vom Butterfisch ergattern. Herrlich! Das würde ein Festessen.

Der restliche Tag verging mit Vorbereitungen, Nervosität, Tisch dekorieren, wieder umdekorieren, doch wieder anders dekorieren und im Nu war es Abend! Ich konnte Jacquelines Kommen kaum erwarten.

Es läutete an der Tür und mir glänzte das hübscheste Lächeln, das ich je gesehen hatte, entgegen. Jacqueline war endlich hier! Wir umarmten uns, küssten uns und drückten uns fest aneinander. Wie schön doch solche Umarmungen sein können. Wir genossen beide unsere Umarmung und harrten lange darin aus. Ich konnte meine Nervosität kaum im Zaume halten. Endlich setzte sie sich an den Tisch. Endlich gab es unser Festessen – ein Sushi-Maki-Sushimi-Buffet erster Klasse und den besten Rotwein, den es auf Welt gab. Jacqueline war außer sich vor Freude und glühte und strahlte vor lauter Aufregung. Endlich wieder ein Festessen!

Ich wartete noch etwas, bis unser erster Hunger gestillt war, dann sah ich Jacqueline lächelnd an und sagte mit zitternder Stimme: „Ich habe eine kleine Überraschung für dich!" Jacqueline sah mich wieder etwas verdutzt an. Wie ich diesen verdutzten Blick an ihr liebte! Wie oft hatte ich sie so in den letzten Monaten gesehen. Vorsichtig nahm ich das kleine Päckchen mit dem Ring aus der Seitentasche meines Kleides und reichte es ihr über den Tisch.

Dann biss ich die Zähne zusammen und überwand mich. Raus mit der hoffentlich schönen Botschaft oder, besser gesagt, mit dem reizvollen Angebot: „Dieses kleine Geschenk soll dich schon mal etwas einstimmen und außerdem wollte ich dich fragen, ob du zu mir ziehen möchtest ..." Wie oft hatte ich mir überlegt, wie und mit welchen Worten ich ihr meinen Vorschlag mitteilen könnte, doch nun sprudelte es einfach aus mir heraus. Direkt, ohne Umschweife, ohne Ausweg für Jacqueline – und ich lächelte!

Jacqueline sah mich plötzlich mit weit aufgerissenen Augen an. Hatte ich sie mit meinem Vorschlag doch überrumpelt? Wollte sie gar nicht mit mir zusammenziehen? Oder viel schlimmer, wollte sie mit jemand anderem zusammenziehen? Plötzlich schossen mir die skurrilsten Gründe durch den Kopf, warum Jacqueline nicht zu mir ziehen möchte.

Mit wurde erst heiß, doch plötzlich verspürte ich ein kaltes Kribbeln. Ein kalter Schauer zog über meinen Rücken. Was war nur los? Jacqueline griff vorsichtig zum Weinglas, nahm genüsslich einen Schluck besten Brunello und setzte – endlich – ein süßes Lächeln auf. Sie beugte sich auf die Seite, griff in ihre Handtasche und gab auch mir ein Päckchen. Völlig verdutzt blickte ich sie an. Ich verstand die Welt nicht mehr. Was war denn nun los? Wir öffneten gemeinsam unsere Päckchen, sahen hinein, sahen uns in die Augen und lachten wieder frisch fröhlich lauthals auf. Auch ich hatte von Jacqueline einen Ring bekommen. Ich blickte sie fragend an: „Warum den Ring?" „Liebe Claudia, na, weil ich dich fragen wollte, ob wir endlich mal zusammenziehen könnten."

Typisch Heulsusen! Wir mussten beide wieder losheulen vor lauter Glück. Das war das Schönste, das sie mir je hätte sagen können. Das Herz schlug mir bis zum Hals. Sofort sprangen wir beide auf und umarmten uns. Wir weinten Rotz und Wasser. Wie schön konnte doch eine Beziehung sein. Wir genossen noch unser japanisches Festmenü und unseren italienischen Wein. Und wir genossen unsere Zweisamkeit. Sofort schmiedeten wir Pläne, wie alles umgestellt werden solle. Was alles gemacht werden musste.

Plötzlich läutete es an der Tür. Wir sahen uns fragend an und ich blickte hinaus. Kein Mensch zu sehen. Aber am Boden lagen zwei kleine rote Rosen und ein kleines Päckchen. Was sollte das sein? „Jacqueline, hast du damit zu tun?", fragte ich vorsichtig. Sie verneinte. Auch sie dachte, dass ich dies inszeniert hätte. Wir mussten noch einige Zeit miteinander diskutieren und strikt verneinen, auch nur annähernd zu wissen, was es mit den Rosen und dem Päckchen auf sich habe.

„Na, da dürfte sich ein Kavalier aber mächtig ins Zeug gelegt haben", Jacqueline gab die zwei Rosen in eine kleine Vase. Neugierig schüttelten wir unser Päckchen und versuchten, etwas von außen zu erkennen. Aber wir hatten keine Chance. Also – aufmachen! Vorsichtig öffneten wir das Bändchen und wickelten das Päckchen aus. Darin befand sich eine kleine Schatulle und in dieser … ein Schlüssel??? „Ein Schlüssel?" Wir waren beide sprachlos. Was sollte das nun wieder sein? Wir hatten beide keine Ahnung und starrten ungläubig auf dieses Geschenk.

Plötzlich schoss es mir durch den Kopf. Ich nahm den Schlüssel in die Hand, begutachtete ihn etwas und bekam plötzlich einen knallroten Kopf. „Ich weiß, welcher Schlüssel das ist", die Aufregung war in meiner Stimme zu hören. Jacqueline sah mich fragend an. „Na?"

„Sieh ihn dir doch mal genau an. Jacqueline, hattest du nicht in den letzten Monaten einen ähnlichen Schlüssel im Schloss?" Verblüfft starrte auch sie auf den Schlüssel und erkannte ihn. Das gab es doch gar nicht. Wir sahen uns beide völlig verwirrt an. War das nicht der Schlüssel, den wir dem Geschäftsmann im Schloss gegeben hatten, damit wir ihn anschließend vernaschen konnten?

Aber was sollte der Schlüssel vor der Tür. Und die beiden Rosen? Natürlich, als er uns damals verließ, hinterließ er doch auch zwei Rosen. Der Mann hatte Klasse! War dies nun etwa eine Einladung? Eine Einladung auf eine Fortsetzung jenes reizvollen Abends …?

Gott sei Dank hatten wir uns ja für uns beide hübsch gemacht. Somit brauchten wir uns nicht mehr stylen. Wir zogen uns sofort an und rasten zum Schloss (also wir fuhren wieder mit meinem Opel!). Wir kannten den Weg zu Jacquelines ehemaliger Suite nur zu gut, stürmten die Stufen hoch und warteten noch ein paar Sekunden. Wir wurden nun doch etwas unsicher. Hatten wir vielleicht die falschen Schlüsse gezogen? Hätten wir vielleicht doch noch etwas warten sollen, ob noch eine konkretere Botschaft folgte?

Doch nun waren wir schon einmal hier. Ich klopfte leise an die Tür. Sie war gar nicht geschlossen. Durch mein Klopfen öffnete sie sich leicht. Drinnen war es dunkel. Wir konnten von draußen eigentlich nichts erkennen. Auf unseren Geruchssinn war aber Verlass. Sofort erschnüffelten wir ein uns noch in Erinnerung gebliebenes Parfüm. Das gut gewählte Parfüm unseres Opfers von damals. Wir schmunzelten uns beide sofort an, sollte dies auch noch eine äußerst ästhetisch erotische Nacht werden?

Wir traten ein und schlossen hinter uns die Türe. Langsam gewöhnten sich unsere Augen an die Dunkelheit. Wir konnten gut das Bett erkennen, ebenso die Couch, den Tisch mit den beiden Stühlen und die Tür zum großen Badezimmer.

In diesem Moment hauchte uns eine erotisch männliche Stimme von hinten in den Nacken. „Ich habe euch schon sehnsüchtig erwartet!" Das wird eine ästhetisch erotische Nacht! Das war nun sicher! Der fremde Unbekannte, na ja, unbekannt war er uns ja nicht. Wir wussten nur seinen Namen nicht – aber war das nicht egal? Zu diesem Zeitpunkt schon! Aber sonst kannten wir jeden Zentimeter seines Körpers. Ich nannte ihn ab diesem Moment einfach den Verführer.

Unser Verführer verband uns die Augen mit kleinen Seidentüchlein. Woher wusste er von unserem Seidentuch? Wir ließen dies aber ohne Gegenwehr geschehen. Vorsichtig führte er uns dann ans Bett. Wir hörten, wie er die indirekte Beleuchtung der Suite eingeschaltet hatte. Diese gab ein angenehmes, nicht zu helles Licht, aber wir konnten leider nichts sehen. Wir spürten seine Hände an unseren Körpern. Er küsste uns mal hier, mal da, ein männlicher, angenehmer Atem. Dann fing er an, uns ganz langsam auszuziehen. Er musste dies genießen. Ein erotisches Prickeln lag in der Luft. Wir beide waren diesem Verführer ausgeliefert. Aber wir genossen es richtig.

Er verstand es, uns zu verwöhnen, er verstand es, uns mit seinen Berührungen verrückt zu machen. Auch er musste sich langsam Stück für Stück ausgezogen haben. Wir konnten seinen männlichen Geruch immer intensiver ausmachen. Wir rochen seine Männlichkeit, wir rochen seine Lust, ja, wir rochen, wie geil er auf uns sein musste. Er war wirklich ein Meister der Verführung. Ein Kuss hier, eine sanfte Berührung dort, so kamen wir langsam in Ekstase. Als er unsere BHs beiseitelegte, streichelte er unsere Brüste, er küsste unsere Brustwarzen und saugte und leckte daran. Alle vier Brustwarzen mussten steil von uns abstehen. Wie sehr waren wir erregt. Wie sehr wünschten wir uns noch mehr Berührungen, noch mehr Küsse, noch mehr Zärtlichkeiten.

Nun hatten wir nur noch unsere Strümpfe und die Höschen an. Vorsichtig legte er uns ins Bett. Ich konnte Jacqueline spüren und ertastete ihren Kopf. Wir küssten uns innig und unsere Zungen spielten miteinander. Auch wir fassten uns nun an unsere Brüste und streichelten diese. Dies dürfte unseren Verführer auch sehr in Fahrt gebracht haben. Er streichelte unsere Beine, schnüffelte an ihnen, leckte und küsste uns von den Zehen bis zu den Schenkeln. Seine Berührungen auf den Beinen prickelten gewaltig. Ein Feuerwerk an Explosionen. Langsam streichelte er nun mit seinen Händen an der Innenseite unserer Schenkel hinauf. Er berührte fast zufällig unser Höschen. Wir zuckten beide gleichzeitig zusammen. Wie geschickt doch unser Verführer war. Er konnte zwei Frauen gleichzeitig glücklich machen. Ich spürte die Erregung von Jacqueline. Unsere Küsse wurden immer intensiver, unser Stöhnen immer lauter.

Plötzlich schob er seine Finger unters Höschen und berührte uns vorsichtig. Jacqueline und ich schrien gleichzeitig unsere Sehnsucht laut hinaus. Mach doch weiter, hör ja nicht auf! Gekonnt streichelte er über unsere Schamhaare und zog seine Kreise abwärts, bis er unsere nassen Spalten erreicht hatte. Seine Finger durften in unserem Lustsaft nur so schwimmen. Wie sehr geilte uns diese Situation auf. Immer wieder stieß er mit seinem Finger in unsere Lustspalte. Stück für Stück, dann zog er die Finger wieder vorsichtig zurück und begann von Neuem, mit seinen Fingern leicht in uns einzudringen. Jedes Mal stöhnten wir beide gleichzeitig laut auf. Er schob seinen Finger immer weiter in uns hinein. Wir versanken in unseren Gefühlen, wir versanken in unserem Gestöhne.

Dann führte er Jacqueline ganz leicht über mich. Er zog unsere Höschen aus. Ich legte mich auf den Rücken und Jacqueline kniete sich über mich. Wir küssten uns weiter. Ich stellte meine Beine auf und spreizte sie etwas. Jacqueline kniete zwischen meinen Beinen und reckte ihr Hinterteil dem Verführer entgegen. So konnte nun unser Gentleman unsere beiden Intimzonen bestens verwöhnen. Und er tat dies auch! Nach allerbester

Verführermanier! Er streichelte uns, er stieß hie und da mal mit seinen Fingern in unsere Lustspalte, er leckte und schmeckte uns. Auch sein Atmen wurde immer schwerer und lauter, bis es in ein Stöhnen überging.

Jacqueline und ich lagen Bauch auf Bauch und spürten bereits die Nässe, die von unseren Lustzonen abgegeben wurde. Unsere Brüste rieben sich aneinander und unsere Zungen züngelten uns in Ekstase. Unsere Körper schwitzten vor lauter Lust und lustvoller Anstrengung. Plötzlich spürte ich seinen Schwanz in mir, er stieß zu, einmal, zweimal, immer öfter, immer schneller. Dann war er verschwunden. Doch nun hörte ich Jacqueline laut aufstöhnen. Er stieß sein Prachtexemplar in ihre Lustgrotte. Auch hier stieß er ein paar Mal zu. So verwöhnte er uns abwechselnd mit seinem Luststab, kaum war die eine knapp am Orgasmus, wechselte er zur anderen.

Dieses Spielchen betrieb er einige Zeit, bis er alle seine zur Verfügung stehenden Mittel einsetzte, um uns endlich unseren gemeinsamen Orgasmus erleben zu lassen. Schwitzend und laut stöhnend, ja, vor Ekstase schreiend beugten sich unsere Oberkörper hoch, die Hände verkrampften sich ineinander und die Lust durchzuckte unsere Körper. Wir erlebten alle drei gemeinsam einen Orgasmus der Extreme. Einen Orgasmus, der nur durch die Schärfung aller Sinne möglich gewesen war. In diesem Moment waren wir alle drei sehr dankbar, dass wir unsere Sinne so sehr trainiert und sensibilisiert hatten. Welch wunderbare Gefühle konnten wir nun gemeinsam erleben.

Und diese ästhetisch hocherotischen Gefühle erlebten wir drei noch sehr lange gemeinsam weiter …

… seinen Namen haben wir nie erfahren. Aber war dies nicht egal – in diesen Momenten?

Kapitel 16
Epilog

Ich durfte Ihnen eine Geschichte erzählen, die mir – vielleicht, vielleicht auch nicht – widerfahren ist. Die Geschichte vom Aufstieg einer Frau von der normal bürgerlichen Unscheinbarkeit bis zur ästhetischen Ekstase, zu Erfolg, zu Liebe und zur Erfüllung! Doch der wahre Hintergrund dieser Geschichte sollte eine Huldigung an die Ästhetik sein. Wir sollten uns alle wieder viel mehr mit unseren Sinnen beschäftigen, diese schärfen und danach viel mehr nach unseren Sinnen leben. Dann können wir auch unser Leben viel mehr genießen!

Diese ursprüngliche Reizwaffe einer Frau, die Ästhetik, soll wieder in das weibliche Gedächtnis gerufen werden. Sinne schärfen heißt einerseits, die eigenen Sinne zu aktivieren, zu sensibilisieren, ja, einfach richtig zu trainieren. Aber natürlich müssen wir auch auf das Gegenstück jedes Sinnes achten:

Was ich gerne höre, sollen auch andere von mir hören.
Was ich gerne sehe, sollen auch andere an mir sehen.
Was ich gerne rieche, sollen auch andere an mir riechen.
Was ich gerne spüre, sollen auch andere von mir spüren.
Was ich gerne schmecke, sollen auch andere von mir schmecken.
Was ich gerne erleben möchte, sollen auch andere erfahren.
Was ich mir wünsche, sollen sich auch andere von mir wünschen.

Diese kleinen Sätze sind das Erfolgsrezept zu mehr Lebensfreude, zu Anerkennung, zu Erfolg und zu Glück und Liebe.

Meine Identität spielt in dieser Geschichte keine Rolle, vielleicht bin ich viel gereist, etwas welterfahren, doch habe ich mich mit dem Thema Ästhetik jahrelang auseinandergesetzt: Studien betrieben, Erfahrungen gesammelt, in Büchern geschmökert, Interviews und private Gespräche geführt, beobachtet, gefühlt und meine Umwelt mit viel Gefühl wahrgenommen. Letztendlich aber bin ich doch nur ein Schwärmer für Ästhetik. Für eine Gabe, die wir Menschen bei der Geburt erhalten, aber im Laufe unseres Lebens leider meist wieder verlernt, ja, richtig vernachlässigt, oder ich will sogar behaupten, in vielen Fällen brutal abgetötet haben. Wir Menschen wollen doch alle gerne das Sinnliche, das Schöne, das Wohltuende und das Reizvolle genießen! Dann genießt es doch auch!

Dieses Buch habe ich unter meinem Pseudonym „Claudia Wer" geschrieben. Wer ist diese Claudia Wer, woher stammt sie und wo lebt sie?

Dieses Buch ist eigentlich inhaltlich in drei Bereiche aufgeteilt:

1. Thema Ästhetik
Damit möchte ich das etwas verwelkte Pflänzchen der Ästhetik in unserer Gesellschaft wieder zum Leben erwecken.

2. Geschichte von Jacqueline
Eine Geschichte, die uns die einzelnen ästhetischen Erlebnisse, die wir durch die Schärfung unserer Sinne erfahren können, aufzeigt.

3. Suche nach der Autorin
Dieses Buch birgt auch ein Geheimnis. Nämlich das Geheimnis der Identität der Autorin, das Geheimnis der Region, in welcher sich diese Geschichte von Jacqueline abspielte und in der auch die Autorin beheimatet ist und lebt. Viele Hinweise in diesem Buch können den Leser bei etwas Recherche zum Ziel führen. Aber achten Sie auf kleine Nebensächlichkeiten!

Wer mich findet, bekommt natürlich eine persönliche Signatur in sein Buch und vielleicht noch einige Tipps zur Schärfung seiner Sinne ...

Die Autorin

Claudia Wer ist das Pseudonym einer Person (Autor/in), die nach eigenen Aussagen 212 Jahre alt werden müsste, um alle ihre Ideen, Wünsche und Interessen umzusetzen. Im Moment ist diese Person Unternehmerin und Abenteurerin aus Leidenschaft. Als Finanzberaterin, Hobbymusikerin, Inhaberin eines Bambusmöbelgeschäfts, als Rucksackreisende durch Südamerika oder als Amateurzampano in der Modebranche begegnen ihr stets Menschen, die sie begeistern. Daher stehen auch der Mensch und seine Gefühle oft im Mittelpunkt ihrer beruflichen und privaten Interessen.

Der Verlag

> *Wer aufhört
> besser zu werden,
> hat aufgehört
> gut zu sein!*

Basierend auf diesem Motto ist es dem novum Verlag ein Anliegen neue Manuskripte aufzuspüren, zu veröffentlichen und deren Autoren langfristig zu fördern. Mittlerweile gilt der 1997 gegründete und mehrfach prämierte Verlag als Spezialist für Neuautoren in Deutschland, Österreich und der Schweiz.

Für jedes neue Manuskript wird innerhalb weniger Wochen eine kostenfreie, unverbindliche Lektorats-Prüfung erstellt.

Weitere Informationen zum Verlag und seinen Büchern finden Sie im Internet unter:

w w w . n o v u m v e r l a g . c o m